転職の魔王様3.0

額賀 澪

PHP
文芸文庫

○本表紙デザイン＋ロゴ＝川上成夫

目次

登場人物紹介（転職エージェント「シェパード・キャリア」のメンバー）

未谷千晴（ひつじたに　ちはる）
入社四年目のキャリアアドバイザー（ＣＡ）、二十八歳。新卒で大手の広告代理店に就職したが、働きすぎでダウン。叔母・洋子に勧められてＣＡになる。現在、大阪支社に転勤中。

来栖　嵐（くるす　あらし）
毒舌だが、内定率ほぼ百パーセントの凄腕ＣＡ。「転職の魔王様」と呼ばれている。千晴の上司で三十四歳。新卒で商社に入社したが、交通事故の後遺症で左足が不自由になり、転職。洋子にスカウトされてＣＡに。木製の杖をついている。

落合洋子（おちあい　ようこ）
社長。千晴の叔母、五十四歳。無職の千晴に自分の会社で働くことを提案した。

広沢英里香（ひろさわ　えりか）
童顔で小柄のベテランＣＡ。千晴と同じチームで働く頼りになる先輩、三十六歳。シェパード・キャリアに転職する前もＣＡ。

横山潤也（よこやま　じゅんや）
営業担当。二十八歳、千晴と同い年。スタンドプレーが過ぎる来栖に日々イライラさせられている。

天間聖司（てんま　せいじ）
「転職の天使様」の異名を持つＣＡ。三十歳。求職者が笑顔で転職するためならなんでもする。

タピオカ
千晴が大学三年のときに拾ったメスの白猫。洋子が引き取り、毎日、洋子と共に出勤するコーポレートキャット。何故か来栖に懐いている。

プロローグ

　エントランスの扉を開けると、いつも通りフロアは無人だった。

　受付台に掲げられた「シェパード・キャリア」のロゴマークを横目に、来栖《くるす》嵐《あらし》は誰もいないオフィスを真っ直ぐ自分のデスクに向かった。杖が床を打つ音が妙に大きく聞こえるのも毎朝のことだ。

　一番乗りのオフィスでやることはいつも同じだ。ノートPCを立ち上げて、今日の面談の予定を確認し、面接なり結果待ちなり内定承諾なり、何かしらの動きのある求職者の名前を確認する。

　そのあと、シェパード・キャリアに新しく登録してきた求職者の一覧を見る。

　決して大手ではない、規模もそう大きくない転職エージェントであるシェパード・キャリアに、毎日必ず新しい求職者が——転職を希望する人間がやって来る。全員を自分が担当するわけではないが、これが来栖の朝のルーティーンだった。

だが、今日はとある登録者の名前と現在の勤務先を見て、思わず手を止めた。

何の意味もないとわかっているのに、咄嗟《とっさ》にノートPCを閉じた。PCの縁《ふち》を掌《てのひら》で押さえつけたまま、自分以外まだ誰も出社していないオフィスを見回した。

画面に表示されていた名前が、勤務先の会社名が、目に焼きついて消えない。

エントランスの扉が開く気配がして、出勤してきた誰かの足音が近づいてきた。

そっとノートPCを開き、来栖はそこに表示されていた登録者の情報を、全社員が確認できるデータベース上から削除した。

「おはようございまーす……」

出社してきたのは同じキャリアアドバイザー（CA）の天間聖司《てんませいじ》だった。朝から奇妙なほどに笑顔が爽やかな男だが、今日は何故《なぜ》か挨拶《あいさつ》の語尾《ごび》が尻切れトンボだった。

「おはようございます」

PCから視線を離さず挨拶を返したら、天間がこちらを見ているのに気づいた。

「何か？」

「朝から随分《ずいぶん》怖い顔をされてるんで」

「いつものことじゃないですか」

天間の鋭さにこっそり顔を顰《しか》めながら、来栖は再びPCに向かった。

第一話

張り合うべきは今の自分と転職後の自分でしょう

三十歳&二十八歳／女性／食品メーカー 商品企画職

村瀬美琴

実家で食べる雑煮《ぞうに》は今年も美味《おい》しい。村瀬美琴《むらせみこと》は、お椀《わん》を手にしみじみと吐息をこぼした。

「美味《うま》い、餅が美味すぎる。なんでお正月ってお餅が美味しくなるのかなあ〜」

白味噌仕立ての汁に浮かぶ丸餅にかぶりつきながら、二歳年下の妹・琴葉《ことは》は「困っちゃうな〜」と繰り返す。まるで美琴の心を読んだみたいに。

実家のダイニングにはほのかに味噌の香りが漂《ただよ》っている。テレビから聞こえるのは、箱根駅伝の実況中継。今日が二日目だから、昼頃には優勝が決まるだろう。

神戸で生まれ育ち、大学も就職も大阪だった琴葉は、まるで興味がなさそうだ。

一方の美琴は東京の大学に進学し、就職も東京でした。上京してかれこれ十二年になるので、関東の大学ばかりが出場する箱根駅伝も割と楽しめる。

「お姉《ねえ》、元日からトータルでお餅、何個食べた？」

「えー……お雑煮と磯辺《いそべ》餅と餡子《あんこ》ときな粉で……うわ、十個くらい食べちゃったかも。どうりで昨夜二キロ増えてたわけだ」

「私も十個食べてるな。ていうことは私も二キロ太ってるのか」

げえっ、という顔をしつつも、琴葉は再び餅を頬張《ほおば》った。

二歳差の姉妹である自分と琴葉は背丈も体重もほぼ一緒で、体質もよく似ている。どういう気象の日に頭痛がするかとか、どんなコスメを使うと肌が荒れるかとか、そういうところまで。同じ量の餅を食べたら、多分同じくらい肥《こ》える。

「自分で体重測ってきたら？」

「測るまでもないよ、私とお姉、内臓も似てるんだから」

「正月休み終わったらダイエットしなきゃなあ」

「えー、じゃあ私もやろ～」

なんて言いつつ、とろりと味噌汁に溶けた餅に負けないくらい、琴葉の表情はとろけている。テーブルにだらしなく両肘《りょうひじ》をつく彼女に、年賀状の束を手に玄関から戻ってきた母が「肘つかなーい」と（恐らく）新年一発目の注意をした。

「ちゃんとしなよ、もう大学生じゃないんだから」

なんて言われているが、琴葉は今年二十八歳になるのだ。かれこれ六年くらい、琴葉は帰省すると母に同じような注意をされている。

「会社ではちゃんとしてるよ～」

ずずっと雑煮のお椀に口を寄せつつ、琴葉はテレビのリモコンに手を伸ばした。

「まだゴールしないよね？」とチャンネルを変えてしまう。美琴も、テーブルで年賀状を整理し始めた母も真剣に見ているわけではないから、何も言わなかった。

琴葉はバラエティ番組にチャンネルを合わせた。お正月らしいおめでたい雰囲気のセットの前で、人気のお笑い芸人が次々とネタを披露《ひろう》していく。

でも、合間に流れるCMはいたって通常営業だった。洗濯用洗剤、ビール、ファストフード、自動車、フィットネスジム……。

あと、転職。転職サイトと転職エージェントのCMが立て続けに流れると、美琴より先に琴葉が「転職のCMばっか」と笑った。

「転職サイトのCMってさ、なんでみんな同じテイストなんだろうね」

喉に詰まらないように慎重に餅を飲み込んで、美琴は呟《つぶや》いた。

二十代、三十代の若手俳優がパリッとしたスーツを着て、「こういうの、社会人なら共感するでしょ？」という悩みを一つ二つ吐いたと思ったら、それが転職ですべて解決するかのように青空の下を颯爽《さっそう》と歩いていく。

でも、こういうのがいいのかもしれない。大味だしベタだけれど、自分にも変化が訪れるような気がして。

「あーあ、そろそろ転職しよっかな」

そんなことを口走っていた。琴葉が真っ先に「お姉、CMに影響されすぎー」と笑ったが、すぐさま反対するかと思った母の反応が意外と静かだった。

「あら－、今の会社に不満でもあるの？　するならちゃんと考えてしなさいよ」

美琴が東京で就職を決めたとき、「あら、そう」とちょっと残念そうにしていた母だから、転職をきっかけに美琴が関西に戻ってきたらいいな、くらいに思っているのかもしれない。

「もう三十なんだから、ノリと勢いで転職したりしないよ」

ただの思いつきだから、そんなテンションで答えた。CMはとっくに終わり、美琴と歳の変わらない漫才師がマイクの前でネタを披露していた。

観客の笑い声と拍手がテレビから聞こえる中、琴葉が「えー？」と美琴を見た。

食べたかったお菓子を先に取られた、みたいな顔で。

「じゃあ、私も転職しよっかなー」

あははっ、と笑う琴葉が本気なのか、冗談半分なのか、美琴にはわからなかった。母もそうだったようで、「まぁた、あんたは」と肩を竦《すく》める。

「おおーい、駅伝、どこが勝った？」

朝みんなでお節《せち》を食べたきりソファでうたた寝をしていた父が、慌ただしくダイニングにやって来た。父は東京の大学出身だから、この家で一番、箱根駅伝の動向を気にしている（とはいっても、毎年見ている最中にうたた寝してしまう）。

「はいはーい」と琴葉がチャンネルを変えてやると、赤紫のタスキを肩から下げた選手がゴールテープを切った瞬間だった。

正月休みが明けて、すぐに転職活動を始めた——なんてことはなかった。年明けから年度末にかけては毎年忙しくて、気がついたら三月になっていたのだ。

それでも、三月三十一日に「明日から新年度だねえ」と同僚と互いを労《ねぎら》いながら会社を出たとき、正月に神戸の実家で見た転職サイトのCMを思い出した。

あんなの、毎日何十回と流れているのに。テレビCMだけじゃなく、ウェブ広告でだって何十回と見ていたのに。

新宿《しんじゅく》駅の改札を抜けると、ホームに上がる階段の横にもでかでかと転職サイトの広告が出ていた。

駄目押しみたいだな、と思いながら、美琴は広告の前を通り過ぎた。

◇　◇　◇

エレベーターを降りると、〈シェパード・キャリア〉という看板がこちらをじっと見ていた。

「来ちゃったなあ……転職エージェント」

美琴は無意識に看板の前で足を止めていた。来ちゃったなあ、来てしまったなあ、と腕を組んで天井を仰ぎ、深呼吸をする。

ジャケットの襟《えり》が変に折れてないか確認して、美琴はガラス製の扉を開けた。綺麗に掃除されたオフィス独特の凜《りん》とした香りがする。転職サイトのＣＭに匂いがあったら、きっとこんな感じだろう。

青を基調としたエントランスに受付電話があり、美琴は担当者を呼び出した。電話口に出た女性は潑剌《はつらつ》とした声だった。「担当のキャリアアドバイザーが伺《うかが》いますね」とにこやかに応対され、少し安心して受話器を置いた。

正月に雑煮を食べながら転職を思い立って、三ヶ月とちょっと。我ながら意外と早く行動に移せた……と思ってもいいだろうか。

今の部署で三十歳目前までずるずると働き続けてしまったことを考えれば、頑張った方じゃないだろうか。そんなことを考えたときだった。

妙に鋭利《えいり》で乾いた足音が、フロアの奥から近づいてきた。しかも、足音に付き従うようにもう一つ、素《そ》っ気《け》なく硬い音が聞こえてくる。

「――村瀬美琴さんですか」

現れたのは濃紺のスーツを着た男だった。能面みたいな顔で愛想笑いの一つもせず、美琴の顔をじっと見ていた。

右手に、木製の杖をついて。

杖の動きを追いかけるようにして、左足を引き摺って、歩いてくる。

「珍しいですか、足の悪い人が」

視線を完全に杖にやっていたことを、まるで銃口でも突きつけるかのように指摘され、美琴は慌てて彼の顔を見た。怒ってもいないし呆《あき》れてもいなかった。

「いえ」

「初対面の方はみんな僕の顔より先に杖を見るので、慣れてますけどね」

握り締めた杖の柄《え》を見下ろした彼は、静かに美琴に一礼した。

「村瀬さんを担当させていただくキャリアアドバイザーの来栖《くるす》です」

先ほど電話に出た女性とは正反対の淡々とした口振りで、来栖と名乗ったキャリアアドバイザー（CA）は美琴を面接ブースへと案内する。

パーティションで区切られたブースが並ぶフロアには、かすかに人の気配がした。新年度が明けたばかり、かつ平日の昼間だというのに、転職エージェントを訪れる人は多いらしい。美琴だって、そんな人間の一人なのだが。

「結構いるんですか？　四月から転職活動する人って」

面接ブースでテーブル越しに向かい合って座ってもくすりともしない来栖に耐えかね、美琴は思わず問いかけた。

「多い時期、少ない時期というのはある程度ありますが、最近はシーズン関係なく皆さん面談にいらっしゃいますね」

美琴がシェパード・キャリアのウェブサイトで登録した履歴書《りれきしょ》でも挟んであるのか、真っ黒なファイルに視線を落としていた来栖は、流れるように視線を寄こした。

「四月に入社したばかりの新卒で、もう転職活動をしているという人もいます」

「え、まだ研修すら終わってないですよね？」

「研修の時点で社内の空気が受け付けなかったという方もいれば、希望していた部署に行けないとわかったから働くモチベーションがなくなったという方もいます」

「いや、社内の雰囲気って、入社前にもっとちゃんと調べておけばいい話じゃないですか。それに、希望部署に行けないなんて、新人なら普通にあることだし」

「我々エージェントとしては、転職希望者が増える分にはありがたいですけどね」

会話のキャッチボールは成立しているのに、来栖の表情は変わらない。笑いもしないし、疲れているようにも見えない。強《し》いて言うなら表情筋を動かすのが面倒臭いからやらない、という雰囲気が彼の頬骨のあたりから漂っている。

渡されたばかりの来栖の名刺を、美琴はそっと見た。無機質な字体で印字された「来栖嵐」というフルネームすら、冷淡に見えてしまう。

「村瀬美琴さん」

突然フルネームで呼ばれて、咄嗟《とっさ》に「はいっ」と返事をしてしまった。

「ああ、はい、よろしくお願いします」

一礼した美琴が顔を上げるより早く、来栖嵐は喋《しゃべ》り出した。

「村瀬美琴さん、二十九歳。ご出身は神戸で、東京の大学を卒業後、都内の食品メーカー・天堂《てんどう》食品に就職。営業部に八年勤めていらっしゃる」

「はい、間違いないです」

「面談を始めても？」

「転職を希望される理由は」

シェパード・キャリアに登録したときに転職したい理由も簡単に書いたはずなのに、あえて来栖は聞いてくる。

「一番の不満はお給料です。今年で三十歳になるので、今後のキャリアとか、老後に向けたライフプランを真剣に考えるようになって。そうなると、三十歳の平均年収にギリギリ届かない上に昇給も望み薄な会社は厳しいなと思って」

「望み薄というのは、村瀬さんは何から判断されたんですか」

「私より年上の社員の年収も、その世代の平均に届いてないんです。二十代のうちはそこまで気にならなくて、正直考えが浅かったと反省してるんですが……三十になったらそうも言ってられなくて。あと十年働いてもこの年収かと考えちゃうし、税金は増える一方なのに私達は昇給が期待できないなんて、まずいと思って」

来栖は美琴の顔を凝視《ぎょうし》していた。上司相手にプレゼンでもしている気分だ。

「これまでの経験を活かせる食品メーカーへの転職をご希望ということですね」

頷《うなず》いた美琴を前に、来栖は再びファイルに視線をやった。

「営業部にお勤めなのに、転職先で商品企画職を希望される理由はなんですか？」

絶対に聞かれると思っていた。準備していた答えを、美琴は来栖にぶつけた。

「新卒で入社したときは、商品企画部を希望していたんです。でも、私達はまず営業部に配属されました」

最初の二、三年は営業部で修業し、自分達が作る商品をどういう企業が買い、どう流通していくのかを学ぶ。それが天堂食品の方針だった。営業部での修業が終わると、社員達は他部署へと異動していく。

だが、全員が希望する部署に行けるわけではない。本人の希望と適性から配属は決定されるし、当然ながら営業部に残る社員もいる。

「私も商品企画部に異動希望を出したんですけど、いろいろあって営業部でそのまま働くことになったんです」

いろいろと言っても、単純な話ではあった。君の働きを営業部ではとても評価している、引き続き営業部の戦力として活躍してもらいたいと思っている、商品企画部は人員が足りているから……そんな理由で引き留められた。

今、無理に異動しなくても、別の機会でもいいか。営業の仕事が嫌なわけではなかったから、そのときは上司の提案を呑んだ。

ところが、こうしてずるずると三十歳目前まで営業部で働き続けている。異動希望は何度も出したが、そのたびに上司から営業部に残ってほしいと説得された。

営業部は君を評価している、活躍してもらいたい、商品企画部は人員が足りている。説得の材料はいつだって同じだった。

「なるほど。では、村瀬さんが本来希望していた商品企画職で、年収アップを狙った転職をご希望ということですね」

「はい、年収二倍なんてドラマチックなアップの仕方ではなくて、四十代、五十代に向けて確実に昇給していける、安心して働ける企業がいいです」

「村瀬さんのご希望はよくわかりました」

愛想はないが、これはこれで無駄話がなくていい面談かもしれない——なんて美琴が思ったのを見透《みす》かしたように、来栖は音もなくファイルを閉じた。

「ここからの話は、僕が求職者との最初の面談で必ずする話です」

ふっと、吐息でもこぼすみたいに来栖は笑った。ここまで微笑《ほほえ》み一つ浮かべなかったくせに、口の端をほんの少しだけ吊り上げた。

「転職についてネットやSNSで調べると、真偽不明のさまざまな〈噂話〉が出てきます。例えば『未経験業界に行けるのは二十五歳まで』とか。『転職限界年齢は三十五歳』とか『女性の場合は三十歳』とか。だいぶ古い価値観の考え方ですが、その古い価値観のまま動いている会社はいくらでもあります」

どこか薄ら寒い雰囲気を漂わせながら、来栖は淡々と続けた。

「それと、悪徳転職エージェントの体験談も目の当たりにするでしょう。エージェントへの報酬は求人を出す企業から支払われています。求職者のことなんて何も考えず、お金を払ってくれる求人企業の方ばかりを見て仕事をするCAもいます。企業がほしがっているなら、求職者を口車に乗せてねじ込んでしまおう。この人はスペックが低くて労力を割くだけ無駄だから適当に相手をしておこう。そんなふうに考えるCAもいるでしょうね」

転職を決意したとき、握り締めていたスマホで真っ先に「転職　30歳　女性」で検索した。新宿駅を出発した電車の中でだった。

調べているうちに転職活動をサポートしてくれるエージェントがあることを知った。息をするように「転職エージェント　メリット　デメリット」で検索した。

口コミサイトで高評価だったから選んだシェパード・キャリアだったけれど、この会社に辿り着くまでに、今この男が言ったようなことは何度も目にした。

「もうすでにご自分で調べて知っていた、というお顔ですね。その情報は決して大《おお》袈裟《げさ》ではなくて、そういうCAも確かにいます。求職者をスペックの高い低いでしか判断しないCAも、それをよしとする利益至上主義なエージェントも」

「来栖さんは、どちらですか」

相手の顔色を窺《うかが》いながら、美琴は絞り出した。来栖はまた笑った。口元が形だけ笑っているだけで、目はずっと……家電の説明書でも読むみたいな色をしている。

「村瀬さんの転職がいいものになるよう、精一杯サポートさせていただきます」

潮が引くように笑みを引っ込め、彼は流れ作業をこなすように美琴の希望条件をヒアリングし始めた。転職先に求める希望年収、業種に職種、勤務地、規模、従業員数、福利厚生、書類上からは読み取れない会社や部署の空気感。

面談の終わりが見えて、美琴は少しだけ肩の力を抜いた。

「はい、そんな感じで探していただけたら……」

言い終えないうちに、来栖が美琴から言葉を奪う。

「あとは、すでにいる社員の昇給を差し置いて、新卒集めと若手社員の早期離職阻止のために初任給ばかりアップさせ、入社直後から希望部署にほいほい配属させるような上層部がいない会社、というところですかね」

ふっとまた笑って、来栖はほんの少しだけ首を傾《かし》げた。何も返せずにいる美琴の顔を、じーっと射貫《いぬ》くように見つめたまま。

「どうして」

「村瀬さんの勤める天堂食品について少し調べたらすぐにわかることです。新卒募集に苦戦していたのか、三年ほど前まで大学生向けの就活サイトに手当たり次第求人を出していました。それで効果が出なかったから戦略を変えて、初任給をアップした。しかも、入社時に必ず希望部署に配属すると大々的に謳《うた》っています」

そうだ。三年前、自分の会社の採用ページを見て、美琴も驚いた。

「新卒募集は回復したようですが、すでにいる社員の給料が上がった、部署異動の希望が通るようになった、という情報は出てきません。それに、先ほど村瀬さんは『税金は増える一方なのに私達は昇給が期待できない』『私達はまず営業部に配属された』とおっしゃった。〈私達〉以外の社員、要するに村瀬さんの後輩にあたる人達は昇給が期待できる、もしくはすでに給料が上がっている、そして修業として営業部に配属されることもない、というふうに考えました」

何を驚くことがある、と言いたげに薄く笑った来栖に、美琴は唇を噛んだ。

「昇給もほとんどない、希望部署でもない営業部で何年もせっせと働いてきたのに、何もできない新入社員達が人手不足を理由に自分とほとんど変わらない額の給料をもらい、しかも希望部署に配属されている。天堂食品の上層部にも後輩達にも腹が立ったでしょうし、転職したくもなるでしょう」

腹が立った。美琴が転職を決意した理由の根っこ――子供っぽさ丸出しの感情を、能面のような顔で来栖は指さした。

「……そうですね、確かに、腹が立ったんだと思います」

美琴の給料はたいして上がることなく、素知《そし》らぬふりで今年も好待遇で新卒募集が開始されたから。正月の時点ではまだぼんやりとしていた「転職しよう」という気持ちは、三月に新卒採用がスタートした途端《とたん》、固い決意に変わった。

「ご自分の本音が見えたようでよかったです。自分の本音が見えなければ、いい転職なんてできませんから」

再び無表情に戻って、来栖はテーブルの端に立てかけてあった杖に手を伸ばした。何食わぬ顔で面談を終え、何食わぬ顔で「近日中に求人票をお送りします」とエントランスで見送られ、エレベーターに乗った。

シェパード・キャリアのある十二階から一階へ下り、オフィスフロアに出入りする会社員達で賑やかな一階を通り抜けてビルを出た。

春の温かな日差しに顔を顰《しか》めて、やっと声に出せた。

「いや……なんだあいつっ！」

周囲の人が怪訝《けげん》そうにこちらを振り返ったけれど、構わなかった。

「え、CAって人材紹介業だよね？　人対人の仕事だよね？　アレで？　アレでCAやってるのっ？」

転職を心配しすぎて悪い夢でも見たんじゃないかと思ったが、夢なわけがなかった。美琴が自分でシェパード・キャリアに登録し、面談の予約をし、「転職エージェント　面談　服装」で検索して選んだ服を着て、自分の足でここに来たのだ。

転職エージェントについて散々調べたスマホで、美琴は彼の名前を検索した。

シェパード・キャリアのスタッフ紹介ページ以外に、大手ネットメディアが運営する情報サイトがヒットした。多種多様な転職エージェントのCA達が転職について本音でインタビューに答えるという記事だった。

その中に、来栖嵐がいた。他のCA達が転職エージェントの現実や転職ブームの本質を語りながらも「でも転職は怖くないよ～」と言いたげなにこやかな笑みを浮かべているのに、来栖だけが無表情で、若干《じゃっかん》不機嫌そうに写真に写っている。

――「転職の魔王様」という異名を持つ来栖さんの毒舌面談は、シェパード・キャリアの名物になっているとか？

石岡《いしおか》と名乗るインタビュアーの問いかけを、来栖は「仕事の邪魔したいなら帰ってください。面談の予定が詰まってるんです」と切り捨てていた。しかも来栖のインタビューは本当にそれで終わっていた。

「転職の、魔王様……」

ふざけた異名だけれど、あの鉄仮面にはお似合いだ。王様ではなく〈魔王〉というのが、特に。

仕事はちゃんとやりそうな雰囲気の男だった。少なくとも、愛想がいい割にちょっとでも気に入らないことがあったらすぐさまハラスメントを訴えてきそうな会社の後輩に比べたら、やることはやりますという顔をしている。

でも、決して〈いいCA〉に当たったとは言えない気がした。

鞄の中でスマホが鳴った。電話だった。

画面を確認しなくても、相手が誰だかぼんやり想像できてしまった。

『あ、お姉《ねえ》？』

通話ボタンを押した瞬間、相手は機嫌よく話し出した。二歳年下の妹の琴葉だ。

「なあに、仕事中じゃないの？」

『出先だったから、早めのランチ入ろうかなって思ってたところ』

それで？　と美琴は続きを促《うなが》した。大阪の食品メーカーに勤める琴葉は、平日でもときどき電話を寄こす。メッセージ一本で済む話を、電話で伝えてくるのだ。

それは必ず、妹が「お姉の真似っこするね」というときだった。

今回は、何を真似っこするのか。

正月にダイニングで雑煮を食べながら「転職しよっかな」と言った美琴のことを、彼女が不満げに見たのを思い出した。

『お姉さ、転職活動始めるってこの前言ってたでしょ？』

ああ、言った。正確には、琴葉と両親とで作るメッセージグループに投稿した。

三人とも、サムズアップするタヌキのスタンプを送ってきた。

『私もそろそろしよっかなって思うんだけど、お姉が使ってる転職エージェント教えてよ。とりあえずそこ使ってみようかなって思って』

何の悪気もない声で、妹は『ねえ、なんて会社？』と聞いてきた。

未谷千晴

シェパード・キャリア大阪支社の面談ブースで名刺交換をした村瀬琴葉の表情は明るかった。

こういう人はもう転職に迷いがなくて、こちらも面談がしやすい。自己紹介をしながら、未谷千晴《ひつじたにちはる》はこっそり安堵《あんど》していた。昨日今日と、立て続けに「私の人生どうすればいいんでしょう……」という求職者と面談したから、余計に。

「未谷さんって、変わった苗字《みようじ》ですね～、字面《じづら》がかわいい」

字面がかわいいとは？　と思いつつも、千晴はノートPCで改めて村瀬の履歴書を確認した。

「未谷さんはどうして転職エージェントで働いてるんですか？　新卒のときからずっとですか？」

友人とカフェで話すかのようなテンションで村瀬は質問を重ねてくる。どうやら、初対面の人と話すのが苦ではないタイプらしい。明るい茶髪《ちやぱつ》のボブカットも、確かに人懐っこい印象だった。

「いえ、新卒では広告業界に進んだんですけど、いろいろあって転職して、いつの間にか転職エージェントでCAになっていたというか」

「あ、未谷さんも転職経験者なんですね。それなら心強いな～」

CAになったのはシェパード・キャリアの社長が叔母だったから――要するにコネ入社だったから、とは言わないでおく。

「村瀬さんが転職されたい理由を伺ってもよろしいですか？」

「あ、はい、なんかそろそろいいタイミングな気がしたんです。転職するなら三十前の方がいいだろうなって思って」

「確かに、早ければ早いほうが選択肢は多くなる可能性があります。ただ、どれだけ選択肢が多くても村瀬さんのご希望の条件とマッチしなければ意味がありませんから、今日の面談ではそれをすり合わせられたらと思います」

「でも、条件っていっても、今より悪くしたいわけないじゃないですか？　とりあえずお給料アップしたら嬉しいなって思ってます。あ、あと東京行ってみたいなって実は大学生の頃からずっと思ってて、勤務地は東京でも全然ＯＫです。むしろ東京の方が嬉しいかも」

あー、なるほど～と相槌《あいづち》を打ちながら、千晴は村瀬の履歴書を見下ろした。眼鏡《めがね》の位置を直して、彼女の勤務先の名前を三度見返した。

「村瀬さんが勤務している三合《さんごう》フードは給与水準も高いですし」

「はい、就活してるときにそれがまず魅力だったんで」

「業績も安定してますよね」

「難しいことはよくわかんないですけど、そうみたいですね」

「人材育成制度も充実していますし、『社員の声を聞く』が社長のモットーで、それが徹底されているそうですね」

「そうなんですよ～。新卒でも絶対に希望部署に配属してもらえるし、若手でも企画のアイデアをどんどん出させてもらえるし」

「福利厚生もしっかりしてますよね。離職率も低いし、女性管理職の割合も高い」

「ですです〜。子供産んで復職する人も多いし、人員不足の間の部署のケアも結構手厚いって社外の人によく言われます」

「しかも、今の仕事もやり甲斐《がい》がある」

「商品企画部にいるんですけど、結構面白い部署なんですよ」

そうなのだ。この求職者は、かなりいい企業に勤めている。本人が不満を覚えている様子もない。

「でも、転職をしたいんですか？」

「はい、転職したくなったので」

これはまさか、自分がかつて対応をした「飽きちゃったから」という理由で転職を繰り返す求職者と同じパターンだろうか。

「今の仕事、もしくは環境に飽きてしまった、ということですか？」

「いえ、そういうわけでもなくって、そういう時期が来たんだなって思っただけです。引っ越しとか、そんな感じでしたくなりませんか？　替えたくなったときが替え時、みたいな？」

その後もあの手この手で質問をしてみたが、村瀬の転職の動機は同じだった。転職したくなったから転職する。気持ちいいほどに一貫していた。

「未谷さん、話しやすくってよかったです。なんか自分のことばっかりたくさん喋っちゃった」

面談ブースを出て受付で見送りをする千晴に、村瀬は満足げに笑いかけた。

「シェパード・キャリアを紹介してくれたのは姉だったんですけど、やっぱり持つべきは優秀で優しい姉ですよね～！」

機嫌よくエレベーターに乗り込んでいく村瀬を見送って、こめかみを押さえながらオフィスに戻った。

東京本社と違って、大阪支社のオフィスは大きくない。二人の営業と、千晴を入れて六人のＣＡが、二十畳ほどの部屋にデスクを並べている。東京から転勤して早一年、ときどき関西弁が飛び交う中で働くのがすっかり千晴の日常になっていた。

だが、今日は珍しくその空間にシェパード・キャリアの社長であり、千晴の叔母の洋子《ようこ》がいる。

「どうしたの、なんか皺《しわ》がすごいよ」

大阪出張のたびに使っているデスクでノートＰＣと睨《にら》めっこしていた洋子は、自分の眉間《みけん》を指さしながら首を傾げた。

「なんか……ポジティブでいい感じの求職者だと、思ったんだけど……」

もしかしたら強敵かもしれない。言葉にできず小さく唸《うな》ったら、洋子までが眉と眉の間に一本皺を作った。

「さすが、大阪に一年も住んでるとお好み焼き作るのが上手になるんだね」

綺麗に膨《ふく》らんだ真ん丸の豚玉お好み焼きにソースを塗り、マヨネーズをかけながら千晴は小さく吹き出した。夕食時の賑やかな店内が、熱い鉄板でソースが弾《はじ》ける音でより華やかな雰囲気になる。

「まあね」

ヘラでお好み焼きを格子《こうし》状に切り分け、「はい、どーぞ」と洋子に箸を差し出す。縁がカリカリに焼けたお好み焼きを意気《いき》揚々《ようよう》と頬張り、洋子は「うん、美味しい」と満足げに頷いた。

「いい会社で働いてるのに、たいした理由もなく転職しようとしてるんだっけ？」

村瀬の名前を出さず、二切れ目に箸を伸ばしながら洋子は千晴を見た。海鮮ミックス玉を器の中でかき混ぜながら千晴は肩を落とした。

「印象のいい人だったし、明るくてポジティブだったし、仕事の実績もバッチリ話せてたし、あの感じだと内定はすぐに出ると思うんだよね。でも、今の環境がよすぎてキャリアアップに繋がらない可能性があるなと思って」

「話を聞いた感じ、その可能性は大な気がするなあ。だって普通に考えたら転職する理由がないもの」

「そうなの、なのに転職するのだけは決定事項みたいな感じだったから」

「ＣＡに言いたくないだけで、転職したい本音が別にあるんじゃない？」

いくらＣＡとはいえ、初めて会った赤の他人に本音を赤裸々《せきらら》に話せる人ばかりではない。他人に言いたくない転職の理由を持つ人だって珍しくない。

その本音を引き出すのもまたＣＡの仕事なのだが、久々にあんなに実態が摑《つか》めない求職者と遭遇した。

「わかんないならわかんないなりに、面談の結果からいろいろ考えてみるよ。最終的には転職しない方がいいって話すことになるかもしれないけど」

「あらあ、頼りになるぅ」

海鮮ミックス玉の生地《きじ》を鉄板に広げながら話す千晴を前に、洋子はしみじみとお好み焼きを頬張っていた。完全に社長ではなく叔母の顔だった。

「可愛い姪《めい》っ子の初めての一人暮らしが大阪だなんて大丈夫かしらと思ってたけど、なんだかんだ立派に働いてて叔母さん嬉しいわ」

「叔母さん、私、今年で二十九歳になるんだよ？　高校生じゃないんだからさ」

「姪っ子ってさ、何歳になっても高校生くらいのテンションで見ちゃうものなの」

具材とソースとマヨネーズのバランスが抜群な一切れに、洋子は大口を開けてかぶりついた。じっくり咀嚼《そしゃく》しながら、何故《なぜ》か視線を店の天井に巡らせた。

「ほら、手も足も出ないとなったら東京の魔王様に頑張っていただきましょう」

東京本社で変わらず好き勝手に仕事しているであろう千晴の元上司の名前を、天気の話でもするかのように口にする。

「いーやーだっ！　何のために大阪に転勤したんだって話じゃない。こう見えてさ、この一年、一度も来栖さんに助けは求めてないからね」

「知ってるよ。あなた、用がないと全然東京に連絡寄こさないし、来栖は来栖で東京で猫を抱きながら平和に働いてるもの」

「私がいない間に丸くなったりしてない？」

「あんたが知ってる来栖から一ミリも変わってない？」

「甘いもの持っていったら何でもお願い聞いてくれるようになったりしてない？」

「砂糖を三つ入れたコーヒーを薬飲むみたいな顔で夕方に飲んでるときならあるよ。修羅《しゅら》場《ば》続きのときは無理に糖分摂《と》らないと夜の面談を乗り切れないんだって」

その後ろ姿がありありと思い浮かんで、千晴は無意識に肩を落としていた。あまりにも相変わらずで、呆れて溜め息も出なかった。

「相談したいなら連絡したら？　なんだかんだ一年も大阪でCAやってたんだから、さすがにもう『独り立ちできてない』なんて言わないでしょう」

「しないよ。ここまで来栖さんなしでやってきたんだから、そう簡単に連絡して堪《たま》るもんですかって話」

「ならいいけどさー」

ケラケラと笑いながら、洋子は通りかかった店員を呼び止めた。生ビールを追加注文した彼女に、千晴も「私ももう一つ！」と続いた。

千晴が洋子とそんな話をしたのを見透かしたみたいに、翌日出社したら東京支社のＣＡからメールが届いていた。

天間聖司《てんませいじ》という、来栖とは正反対の笑顔が眩《まぶ》しいホスピタリティにあふれたＣＡだ。転職の魔王様と来栖が呼ばれるように、彼は転職の天使様だなんて呼ばれている。

〈来栖さんがちょっと難しい求職者に当たっているみたいなので、時間があったらさり気なく話を聞いてあげてください〉

思わず「来栖さんが私の話を聞くのではなく、私が来栖さんの話を？」と天間にメールで聞いてしまった。

〈未谷さんが、来栖さんの話を聞いてあげてください〉

そんな返事が、確かに届いた。

村瀬美琴

「なーんでうちらとたいして給料変わらない若手社員を早く家に帰すために、うちらが残業してるんでしょーかねぇ〜」

歌うように不満を漏らした同期の木幡《こはた》に、美琴は自分のデスクの引き出しからそっとチョコレート菓子を出して渡してやった。「せんきゅ〜」とやはり歌うように受け取った彼女だが、内心はかなり不満が溜まっているに違いない。

美琴が転職したら、きっと次は彼女だ。

「とりあえず褒《ほ》めて受け取ったけどさ〜、こんなの部内共有できるわけないじゃん。私が怒られて終わりだよ」

木幡はブツブツ言いながら再びノートPCに向かった。入社二年目の後輩が作った営業会議の議事録を修正しているのだ。発言者の言葉を一から十まで見事に羅列《られつ》した議事録（多分、録音アプリと文字起こしアプリを使ってそのまま議事録にしたのだと思う）を、議題ごとに要点をまとめて資料として体裁《ていさい》を整える。

美琴は美琴で、やはり入社二年目の別の後輩が提出してきた企画書をひたすら修正していた。

美琴が入社時から教育係としてついている後輩に、取引先に提案するキャンペーンの企画書を作ってみろと言った。就活の面接のときから営業部を志望していた後輩のモチベーションは高く、〆切《しめきり》ギリギリまで企画書を作り込んで持ってきた。

「とりあえず褒めて受け取ったけどさ～、こんなの部長に見せられるわけないじゃん。私が怒られて終わりだよ」

木幡の言葉を真似て、美琴も歌うように愚痴《ぐち》を吐き出した。オフィスにほとんど人が残っていないのをいいことに、隣のデスクで木幡はゲラゲラ笑った。

「村瀬が直してるの、高橋《たかはし》君の企画書でしょ？　やる気あります！　って顔で仕事してるし、話にならないなら突き返しても大丈夫だったんじゃないの？」

「ダメダメ。自信満々で出してきたものにケチつけるとすぐ拗《す》ねるんだもん。丸一日拗ねてお客の前でもローテンションになるから、ご機嫌取るのが大変なの」

「うわ、面倒くさっ！」

「人事部にパワハラで告発されたくないからね～。そんなリスク負うくらいなら私が自分で直しますよ」

「わーかーるー」

これで、こちらが給料をそれなりにもらえているのなら致し方ないとも思う。でも、入社二年目の後輩と美琴や木幡の給料はほぼ同額なのだ。昇給率・昇給額が上がっているというニュースを見るたび、別世界の話だなと思う。

企画書を修正して修正して、高橋がこだわったらしい見出しのデザインと背景の色だけは変えずに体裁を整え、とりあえず企画会議に出せる状態のものにした。メールで上司に送付して、大きく息をつく。

美琴は入社二年目のとき、この上司に赤ペンで真っ赤になった企画書を何度も突き返された。この経験が商品企画部に行くのにきっと役に立つと思ったし、鍛えられているとも思っていた。

今の若手にそれをやったら、美琴がパワハラで訴えられて終わりだ。お話にならない企画書を「いいね、よくできてるよ」と褒め、イチから作り直して、後輩には「君の企画書をベースにちょっと手直ししたから」とフォローして、それで押し通す。

「お先に。無理しないようにね」

木幡の肩を叩いて、一足先にオフィスを出た。木幡は「うぇ～い」と手を振り、キーボードを叩く音が少し大きくなる。

天堂食品の本社は西新宿にある。新宿駅まで徒歩十分ちょっとの立地だ。途中には、先日面談を受けたシェパード・キャリアの入るビルもある。

転職エージェントに入るのを勤務先の誰かに見られたら……と考えなくもなかっ

たが、別にいいかと思ってしまった。わざわざ時間とお金をかけてこちらが移動する筋合いがどこにあるのか、なんて考えてしまったのだ。

だから、シェパード・キャリアの人間と帰り道に鉢合《はちあ》わせしてしまうのは何らおかしいことではないのだが、歩道の先に杖をつく男の後ろ姿を見つけてしまって、咄嗟に「げえっ、魔王だ」と声に出してしまった。

杖の男は耳ざとく美琴の声を聞きつけ、怪訝そうにこちらを振り返った。

「その呼ばれ方は大変不本意です」

驚きも狼狽《うろた》えもせず、来栖は仏頂面《ぶっちょうづら》で肩を竦める。会社の外だろうと彼は「魔王様」な表情で、声色で、雰囲気で、たたずまいだった。

「いえ、すみません……口が滑《すべ》りました」

「大方、面談の後に僕の名前を検索して、あのふざけた記事を読んだんでしょう」

「すごい、よくわかりましたね」

「あの記事を書いたライター、僕が担当した求職者でしたから」

ええ……と言葉を失った美琴は、来栖の手にした荷物から放たれる刺すような視線に気づいた。杖のない左手に彼が持っていたのは、スーツ姿に似合わないペットキャリーだった。

「……猫」

中から美琴をじっと見上げているのは、来栖そっくりの仏頂面の白猫だった。

「来栖さん、猫を連れて出勤しているんですか」

「僕の猫ではなく、うちの社長の猫です。社長が出張中なので、代わりに世話をしているだけです」

魔王様でも猫には弱いのか。白猫と来栖の顔を交互に見つめながら、美琴は「はあ」と頷く。

「先日のメールの件、まだ検討にお時間がかかりますか」

外にいるからだろうか、ぼんやりとした言い方で来栖が問いかけてくる。

面談の翌日、来栖は美琴に求人票を送ってきた。どれもいい会社に見えた。しかも、ちゃんと商品企画職の募集だった。

なのに、美琴はすぐに答えを出せなかった。

「すみません、いろいろ迷ってしまって」

どの会社もいい。どこを選んだとしても、天堂食品で働き続けるより確実なキャリアアップになる。給料なんて、こうやってせっせと残業しているのが馬鹿らしくなってしまう金額が提示されていた。

ちゃんと働いて、ちゃんとスキルアップして、ちゃんと実績を積んできた三十歳の社会人が受け取るに相応《ふさわ》しい年収だった。

なのに、どうしてか、一歩踏み出すことができない。

「お送りした企業はどこも好条件でした。ということは、競争率も高いです。早めに決断されることをおすすめします」

「はい、もちろん……それはわかってるんですけど」

企業は美琴を待っているわけじゃない。エージェントが推薦してくる優秀な人材を待っている。シェパード・キャリア内の競争に乗り遅れたら、そもそも選考を受けられない。

「なにぶん、慎重な性格なもので。できるだけ早くお返事しますので」

もたもたしているうちにゴールデンウィークになってしまうだろう。神戸の実家に帰省する予定だから、せめてそのときは両親に転職の目処《めど》が立ったと伝えたい。

来栖は黙ったまま美琴を見下ろしていた。慎重と臆病は違うとか、もたもたしているうちに乗り遅れるぞとか、辛辣《しんらつ》な一言を吐かれるんじゃないかと思った。

しかし、来栖は左手に持ったペットキャリーを一瞥《いちべつ》して、「そうですか」と頷くだけだった。

「お返事、お待ちしています」

踵《きびす》を返して、来栖は交差点を渡っていく。新宿《しんじゅく》駅には向かわず、代々木《よよぎ》方面へゆっくり歩いていった。

来栖の背中が見えなくなったのを確認してから、美琴は駅に入った。JRのホームで電車を待っていたら、琴葉からメッセージが届いていたのに気づいた。

〈お姉に教えてもらったシェパード・キャリアで面談してきたよ。いいCAさんに当たった気がする。めちゃ話しやすいの〉

タヌキが「ラッキー!」とピースするスタンプと一緒に、そう送られてきた。「ありがとう」のスタンプではなく、「ラッキー!」のスタンプが。

「……いいCAか」

こっちは、仕事は早いが無愛想で仏頂面のCAが担当についたというのに。

ポロン、と通知音がして、またメッセージが届く。

〈お姉は転職どう? どこまで進んでる? 面接とかどんな感じ?〉

矢継《やつ》ぎ早《ばや》に繰り出される質問に、思わず苦笑いしてしまう。何個も続く「?」マークの向こう側で、琴葉が「ねーねー、教えて」と美琴の腕を引いている。

昔からそうだった。

小学生の頃、美琴は書道と水泳と英会話を習っていた。書道教室はお喋《しゃべ》りに来ている子ばかりで、無視して真面目に練習しているとクスクス笑われた。見学に来た母親が「これじゃあ月謝が無駄ね」と言って、一年ほどで辞めた。字が劇的に上手くなった実感もなく、時間の無駄だったなと今も思う。

水泳教室と英会話スクールは楽しかった。でも、大会で優勝したとか、スピーチコンテストで入賞したとか、そういう華々しい成績とは無縁だった。

二歳年下の妹・琴葉は、最初から英会話スクールに通った。六年生の頃、スピーチコンテストで優勝した。

中学、高校の部活動もそうだった。まず美琴が入って、その様子を見て琴葉は自分の部活を選ぶ。美琴が吹奏楽部《すいそうがくぶ》で人間関係に悩んでいるのを見て、「上下関係がさっぱりしててマジじゃない部の方がいいね」と料理研究部に入った。

受験だってそうだった。最後のコンクールに熱を入れすぎた美琴が高校受験で苦労をしたのを見て、「私は早めに対策するわ〜」と琴葉は笑った。母は「美琴の高校受験は大騒ぎだったけど、琴葉は無風だね」と苦笑していた。

美琴が大学受験で上京するしないで揉《も》めているのを見たから、琴葉は「親と喧嘩するのってコスパ悪いじゃん」と笑いながら大阪の大学を選んだ。

就職もそうだった。美琴が東京で就職して、高い家賃の支払いと奨学金の返済に苦労しているのを見て、あの子は大阪で就職した。「お姉、私も食品メーカー受けるから、対策教えて」と電話してきた。

琴葉の内定先である三合フードは、美琴が最終面接で落ちた会社だった。最終面接で企業理念に絡《から》めた質問をされ、美琴は上手く答えられなかった。それを聞いた琴葉は対策して面接に臨み、あっさり内定した。

しかも、三合フードは新人でも必ず希望部署に行けるのが売りの企業だった。琴葉が三合フードを第一志望にしたのはきっと……新卒の美琴が営業部で修業しているのを見たからだ。

それだけじゃない。美琴が初めて髪を染めたのを見て、琴葉はワントーン明るい茶髪《ちゃぱつ》にした。多分、美琴もその方が似合った。

洋服だってコスメだってそう。美琴が自分のお金で買って、似合わなかったと失敗するのを見て琴葉は「お姉の真似すれば間違いないから」もしくは「お姉とは別のを選べば正解ってことね」と最初から正解を手にする。

転職も、そう。美琴がたくさん調べて、比較して、検討して選んだシェパード・キャリアを琴葉は「お姉の真似しよ♪」と選び、いいCAに担当してもらう。

美琴の転職を見て、真似して、もしくは反面教師にして、美琴よりちょっといい結果を摑む。

私達姉妹は、そういうものなのだ。

未谷千晴

オンライン会議に入室した瞬間、画面に大写しになった白猫の顔に「おおっ」と声が出た。

『――失礼』

イヤホン越しに素《そ》っ気《け》ない断りが入り、白猫の体が持ち上げられる。シェパード・キャリア東京本社のコーポレートキャットであり、洋子の飼い猫のタピオカは、それはそれは不満そうな顔で画面の外に追いやられていった。

「タピオカ、相変わらず来栖さんにべったりだと広沢《ひろさわ》さんがこの前笑ってましたよ」

東京で働く先輩の名前を出したが、会議室の椅子に腰かけた来栖はくすりともしなかった。

『用件は？』

「世間話しようと思わないんですか」

『あのね、こっちは三十分後に次の面談が入ってるの』

来栖の使うノートPCを跨《また》ぐようにしてタピオカがやって来て、彼の膝に乗る。来栖はもうタピオカを追いやることはせず、ゆっくり耳の裏を撫でてやった。

「ちょっと来栖さんに相談にのっていただきたくて」

まさか、東京にいる天間から「来栖さんの話を聞いてあげてください」と頼まれたので、なんて言えるわけがない。相談というのは、そのための口実だ。

『珍しい。人にセクハラして逃げるように転勤したと思ったら、一年近く碌《ろく》に連絡してこなかったのに』

うわああっ、と悲鳴を上げてデスクに頭を打ちつけた千晴に、大阪支社の社員達が一斉にこちらを見た。「すいません、取り乱しました」と謝って、額《ひたい》を押さえたまま千晴はオンライン会議の画面に向き直った。

「助けていただきたいわけじゃないんですけど、少し話を聞いていただきたい求職者がいるんです」

『どうぞ』

タピオカを撫でる手を止めることなく、来栖は続きを促した。業務連絡のメールは何度もした。東京と大阪の合同会議でPCの画面越しに顔を合わせることだってあった。ただ、こうして二人で話すのは本当に久々だった。

「今担当している求職者が、大阪の食品メーカーからの転職を希望してるんですけど、どう見てもノリと勢いで転職しようとしてるんです。しかも、今の会社がものすごく優良企業なんです。年収、業務内容、福利厚生、その他諸々《もろもろ》も文句なしだし、ご本人も満足してるんです」

来栖はあからさまに「その程度で俺に相談？」という顔をした。タピオカを撫でる手が止まった。

『君に言っていないだけで、転職したいほど今の職場に不満が溜まっている様子もない、と？』

「かれこれ三回面談してますけど、その気配がありません。ていうか、すごく話し好きな方なので、私と話したいからって理由で何度も面談に来るんです。神戸のご出身なんですけど、実家の側《そば》の美味しいケーキ屋さんの話までしてくださってます」

面談を通して材料だけは得られているのに、どれだけ情報を並べても村瀬琴葉が転職したい理由が見えない。

求職者が転職したがっているなら、そのまま何食わぬ顔で転職をサポートすればいい。きっとそういうエージェントもＣＡも多い。そうすればシェパード・キャリアに企業から報酬が入るのだから。

でも、そういう仕事を来栖嵐というＣＡは許さないのだ。求職者本人にすら見えていない本音を探し出すのもＣＡの仕事だと、この人はよく言うから。

「しかも、さらに不可解なことに、苦労して探した求人を送ったら、全然決めてくれないんですよ」

あんなに積極的に面談に来て、転職するという意思表示もしているのに、村瀬琴葉は「じゃあこの会社の選考を受けます」と一向に連絡してこない。

メールを送ってもう二週間になるのに、「もうちょっと考えたいです〜」と返事を先延ばしにするばかりだ。千晴が選んだ求人は人気企業ばかりだったから、希望者が多ければシェパード・キャリア内で選考を行う可能性だってあるというのに。

「ここまで転職する気満々だったのに、突然二の足を踏み始めたというか、慎重になり出したというか」

『でも、変わらず転職する気はしっかりある』

「そうなんですよ。お姉さんの紹介だか何だかでうちに来てくれたんですけど、初回の面談から転職への意欲だけはすごくあるんです」

『ちょっと待って』

何故か、ＰＣの画面の中で来栖が眉間に手をやっていた。タピオカがそんな彼をじっと見上げている。

『お姉さん？』

「ええ、お姉さんの紹介だと」

首を傾げた千晴に、来栖は表情を変えない。

『こちらで、似たような求職者を一人担当してるんだけど。神戸出身で、食品メーカー勤務で、慎重すぎていつまでたっても選考を受ける企業を決めない』

苦々しげに肩を落とした来栖が、『そちらの求職者の名前は？』と聞いてくる。

「村瀬琴葉さんと、いいます」

『……俺は今、姉の村瀬美琴を担当してるよ』

ああ、そういうことだったか。村瀬琴葉の口振りからして、〈姉〉はもう転職活動を終えていると思っていたが、現在進行形で来栖のサポートを受けていたか。

「来栖さんが難しい求職者に当たっているというのは、村瀬さんのお姉さんのことでしたか」

『待って、それ、誰に言われたの』

しまった、口が滑《すべ》った。

「……天間さんが、この前チラッとおっしゃっていたので。ああ、でも、村瀬琴葉さんのことで誰かに相談したかったのは本当なんですよ、だからちょうどよかったんですよ」

我ながら苦しい弁明だと、話していて思った。今度、天間宛に大阪の美味しいものでも送っておこう。

『いや、それくらいの求職者、未谷さん一人でなんとかできるでしょう。CA四年目なんだから。わざわざ東京にいる俺に相談する理由が全くない』

「そんな怖い顔しないでくださいよ。天間さん、気を遣ってくれたんじゃないですか？　村瀬姉妹が東京と大阪でそれぞれ転職活動してるのに、社内のデーターベースを見て気づいたのかも」

村瀬琴葉の姉がなかなか選考を受ける企業を決めずにいるとなると、同じ会社に自分の求職者を応募させたい天間が「早く結論を出してくださいよ～」と事を進展させようとした可能性もある。あの人は、自分の担当求職者のためなら強引なことも普通にやってしまう人だから。

『それで、未谷さんは天間さんの余計なお節介にのせられて、たいした用もないのに俺に相談を持ちかけたわけね』

「嫌な言い方をしないでくださいよ。そこまで深刻じゃないけど、どうしようかなと悩んでいたのは事実なんですから」

椅子を引いた来栖が、そのまま会議室の天井を仰いだ。膝に抱えたタピオカの頭を、三度撫でる。どうするか、やるか、やらないか。そう思案している顔だった。

「あのぉ、来栖さん……何考えてます?」

『どう動くのが一番面倒じゃないかを考えている』

なんて言いながら、この人も天間同様、最終的に求職者のためなら多少強引な(そして面倒な)手段に出てしまうのだけれど。

数分後、来栖はタピオカを抱き上げてテーブルに移動させた。

『仕方がない、そっちに行く』

そう言ったと思ったら腕時計を確認し、『面談の時間だ』と呟いて一方的にオンライン会議を退出した。

プツンと真っ暗になった画面を呆然《ぼうぜん》と見つめながら、千晴は瞬《まばた》きを三度した。

「魔王が来ます」

そういうことだよね？　と自分に言い聞かせながら、静かに立ち上がって大阪支社のオフィスを見回した。

「と、東京から、魔王が来ますっ」

キーボードを打つ音と話し声が止《や》み、社員達が一斉にこちらを見た。

「来栖さんが、大阪に、来ます……たぶん」

〈たぶん〉のところは誰も聞いてなかった。近々取れる代休はなかったか、有給は何日残ってたか、出張の予定は入れられないか……来栖から逃げる理由を、みんなが必死に探し始めたから。

村瀬美琴

新大阪駅で待ち合わせた来栖嵐は、地下鉄の改札へは向かわず当然という顔でタクシーに乗り込んだ。

「すみません、そのへんのコインロッカーに荷物を預けておけばよかったです」

キャリーケースとボストンバッグで狭苦しくなった後部座席で、美琴は頭を下げた。実家で数日過ごすだけなのに、海外旅行にでも行くような量の荷物だった。

あれもこれも必要になるかもしれない、と荷物が増えてしまうのは、子供の頃からの自分の悪い癖《くせ》だった。

そして一緒に旅行に行った琴葉は、「お姉、〇〇持ってきてるよね？　貸して～」と言うのだ。

「いえ、タクシーを選んだのは僕が極力大阪を歩きたくないという、ただそれだけの理由です」

運転手に行き先を伝え、来栖は窓の外に視線をやる。右手に握られた杖の柄《え》を美琴はじっと見た。慣れない街を杖をついて歩きたくない、ということなのか。

「それに、大阪支社での面談のお願いをしたのは僕ですから」

「いえ、私がさっさと決めないからいけないだけで……」

ゴールデンウィークまでには選考を受ける企業を決めたい。来栖にそう宣言したくせに、結局決められなかった。いっそ来栖が「ここを受けましょう」と言ってくれたらいいのにと思うのだが、彼はそんな気配すら見せない。

それどころか、「時間をかけすぎても答えは出ないでしょうから」と彼の方から面談を持ちかけてきた。顔を合わせづらくて予定をはぐらかしてしまい、「ゴールデンウィークは帰省するので……」と濁《にご》したら、「じゃあ大阪で面談しますか」と連休初日にシェパード・キャリア大阪支社で面談することになってしまった。

　梅田《うめだ》駅前を通過して少し行ったところでタクシーは停まった。来栖に案内されるがまま大荷物を引き摺り、エレベーターに乗り込んだ。

　八階に到着し、シェパード・キャリアと看板が掲げられた扉を開けて——ギョッと足を止めてしまった。

「……琴葉」

　受付電話の受話器を手に笑顔で話していたのは、間違いなく妹の琴葉だった。

「え、お姉っ？」

　受話器を置き、美琴と来栖の顔を交互に見た琴葉は、すぐさま人懐っこい顔で「えー、もしかして面談？」と破顔《はがん》した。美琴にはできない笑顔だ。

「お姉、今日帰るって言ってたもんね。帰省してまで面談とか真面目だねえ～」

　ま、私もCAに呼び出し食らったんだけどね！　ゲラゲラと笑う琴葉をよそに、フロアの奥から眼鏡《めがね》をかけた女性が小走りでやって来る。琴葉がすぐさま「あ～、未谷さーん！」と友達を前にしたかのように両手を振った。

「姉妹で転職活動中でしたか」

偶然ですね、と来栖がこちらを見る。一ミリも驚いていないその顔を、美琴は呆然と見返した。

未谷と呼ばれた琴葉の担当CAが神妙《しんみよう》な顔をしているということは……この男、美琴と琴葉を鉢合《はちあ》わせさせるために、美琴の帰省のタイミングを狙い撃って面談をセッティングしたのか。

「どういうつもりですか」

予想以上にドスの利《き》いた声に、美琴が誰より驚いた。

「わざわざ妹と同じ時間に面談なんて、何がしたいんですか」

「あなたも妹さんも、相手の出方を窺いすぎて一向に自分で決断してくださらないからですよ」

言い放った来栖に、琴葉が真っ先に「え、私も？」と自分の顔を指さした。

「ええ、そうですよ、村瀬琴葉さん」

この二人は今日が初対面だろうに、来栖はまるで琴葉の担当CAかのような口振りだった。

「なんでも真似っこをしてきたお姉さんが転職活動を始めたから、自分もしたくなった。お姉さんがシェパード・キャリアを使っているから同じところに登録した。お姉さんがなかなか転職先を決めないから、自分も決められない。何も自分で決めてないじゃないですか」

あんぐりと口を開けた琴葉の後ろで、未谷が額に手をやって大きく肩を落とす。

「お姉さんの経験を真似したり反面教師にしたりするのは、確かに安心するでしょうし、リスクを回避することにも繋がるでしょうが、いい加減、自分で選択して失敗するリスクを受け入れてみたらどうですか。いつまでもお姉さんの後ろをくっついて回る子供じゃないんですから」

はあ？　と琴葉がやっと声を上げた。さっきの美琴そっくりのドスの利いた声だった。

「お姉、そんな話、この人にしたのっ？」

怒りの矛先《ほこさき》がこっちに向いて、美琴は慌てて首を横に振った。

「言ってないし！　あんたじゃないんだから、ＣＡにベラベラ関係ないこと話すわけないじゃん」

大体、この男を相手にそんな話、できるわけがない。

「聞かなくたってわかりますよ。村瀬美琴さんの慎重すぎる性格が一体どこから来てるのか散々考えたんですが、なんでも真似してくる妹がいるとなったら全部納得できました」

まだ何か言いたそうな琴葉を無視して、来栖は美琴に向き直った。

「自分が選んで手に入れたものより、少しいいものを、妹がサクサク手に入れていく。それを横で見ていたら、そりゃあ失敗したくないと思う。自分には真似させてくれる姉も、反面教師になってくれる姉もいないから。妹の踏み台になりたくないから、自分の選んだものがあとから色褪《いろあ》せて見えるのが嫌だから、慎重に慎重に吟味《ぎんみ》する。吟味しすぎている」

自分の選んだものがあとから色褪せて見えるのが嫌。来栖の言葉を反芻《はんすう》したら、怖いほどあっさり飲み込めてしまった。

何故か、初めて髪を染めたときのことを思い出した。確か、美琴が大学三年のとき。就活が始まる前に、一度髪を染めてみたくなったのだ。たくさんの「お姉の真似っこをするね」の中から、どうしてだかそれが鮮明に浮かび上がってきた。

生まれて初めて髪を染めて、気分がよかった。美容師と相談して選んだ落ち着いたブラウンの髪色は新鮮で、新しい自分になれた気分だった。

髪を染めたんだと、自撮りの写真を家族のメッセージグループに送った。琴葉は数週間後に「私も染めてみた！」と美琴に自撮りを送ってきた。

美琴よりワントーン明るい茶髪。似合っていた。見た瞬間、私もきっとこっちの方がより似合ったんだろうなと思ってしまった。

気に入っていたはずのブラウンの髪は、失敗ではないけれど、百点満点でもないものになった。

会社だってそう。入社したときは、いい会社に入れたと思った。希望部署に行けなくても、営業部で修業して、いつか商品企画部へ――そう思っていた。新卒社員ばかりを好待遇し、すでにいる社員は今まで通りで何も文句は出ないはずだと本気で考えているような、そんな会社だと思わなかった。

琴葉の働く会社はきっとそうじゃないんだろうな、と勝手なことを思った。琴葉の勤める三合フードは、入社時に絶対に希望部署に行ける。給料だっていい。琴葉の今の給料は、私よりいいんだもの。

「貧乏くじなんて、誰も引きたくないですよ」

来栖の声に、美琴はゆっくり顔を上げた。哀れみの視線を寄こされるかと思いきや、来栖は相変わらず無表情のままだった。

「でも、何が貧乏くじかなんてあなたにも僕にもわからないんですから、引かないと始まらないんですよ。ぐずぐずしているうちに、当たりくじを誰かに引かれてしまう可能性の方がずっと高い。そんなの馬鹿みたいでしょう」

言いながら、来栖は再び琴葉を見る。

「あなたもそうです。十代のうちはお姉さんの真似をして上手くいったでしょうけど、社会人になったらお姉さんの正解があなたの正解であることなんてほとんどない。お姉さんの真似をすることも、お姉さんの選択を通して自分の正解を見つけようとするのも、やめた方がいい」

言うべきことはすべて言ったと判断したのか、来栖はすーっと息をついた。

「姉が妹がと張り合うことに意味なんてありますか？　張り合うべきは今の自分と転職後の自分でしょう」

美琴と琴葉の顔を交互に見つめたと思ったら、来栖は「それでは、面談を始めましょうか」と涼しい顔で杖を鳴らした。カンと床が乾いた音を立てて鳴るのが合図だったみたいに、未谷が美琴と琴葉の間に入ってくる。

「すいません、うちの来栖はちょっと……いや、かなり、口と性格が悪いんです」

悪いなんて次元の話か？　面談ブースへ向かう来栖の背中に、堪《たま》らずそう投げかけたくなる。

さっきまであんなに笑顔で「未谷さ～ん」と手を振っていた琴葉が、困惑しながら——ちょっと心細そうに、居心地悪そうに鞄の取っ手を握り締めているのに、気づいてしまう。

咄嗟に、声が出た。

「あのっ」

来栖の足が止まる。振り返った彼に、「違いますから」と喉を張った。

「確かに、なんでも真似っこしてくる妹が鬱陶《うっとう》しいし、嫉妬《しっと》することってありますけど、来栖さんが思ってるほど、私は妹を疎《うと》ましいと思ってませんから。私は、妹に美味しいところばっかり持っていかれる可哀想な姉でも、要領のいい妹をずっと憎んでる嫉妬深い姉でもありませんから」

そうだ、間違いなくそうだ。嫉妬や妬《ねた》みがないわけじゃない。思い返せば苦々しい気分になる記憶もたくさんある。

でも、それは決して、私と妹のすべてではない。

「もしそうだったら、こんなことしませんよ」

当然でしょという顔で、来栖は側《そば》の面談ブースの扉を開けた。杖を高らかに鳴らしながら、左足を少し引き摺って、中に入っていく。

◇　◇　◇

エレベーターを降りたら、エントランスのベンチで琴葉がスマホを弄《いじ》っていた。美琴の顔を見て、子供みたいな顔で「あっ！」と叫んで立ち上がる。

「待った？」

キャリーケースを引きながら現れた美琴の顔を、妹は訝《いぶか》しげにじーっと見てきた。一時間ほど前の「そんな話、この人にしたのっ?」の続きが勃発《ぼっぱつ》するかと思いきや、琴葉は意外と冷静だった。

「五分くらい、待った」

「そっちの面談はどうだったの?」

「未谷さんに『お姉さんが転職するから自分も』って思ってるだけなら、やめた方がいいって言われた。『転職しない選択肢もしっかり考えて』って」

「うん、私もそう思う。あんた、給料いいんだし、いい会社なんだし」

大荷物を携《たずさ》えてゆっくり歩き出した美琴に、琴葉はピタリと並んでついてくる。

「いいじゃん、真似したって。お姉が転職するってなったら、私もしなきゃ、私もしたいって思っちゃったんだよ」

ふて腐れてまーす、という顔で溜め息をつく琴葉に、我慢できず噴き出した。

「別に怒ってないって。もう慣れた」

「え、じゃあ昔はムカついてたの?」

「そりゃあ、まあ、十代の頃とかは?」

「うそぉ……言ってよぉ～」

「あんただってあるでしょ。何かしら」

そう、姉妹なのだから、絶対にある。

「だって、お姉は長女だから、なんでもやらせてもらえたじゃん。小学校の頃だってさ、お習字に水泳に英会話も習ってたじゃん。私のときは『琴葉はお姉ちゃんと英会話行けばいいよね？』って、私に選択権なかったもん」

そう、きっとそう。

「それにさ、私、別にいーっっつもお姉の真似してたわけじゃないもん。中学の頃はお姉がやってなかった生徒会選挙に立候補したし、高校のときはお姉と違うバイトしたもん」

そういえば、そんなこともあった。琴葉は選挙演説を緊張して大失敗し、落選した。「恥ずかしくてもう学校に行けない」と部屋でピーピー泣いていた。

アルバイトは確か……美琴が先に実家近くのカフェでバイトしていて、受験勉強のために辞めるタイミングで琴葉がバイトをしたいと言い出して、母が「美琴の代わりにカフェで雇ってもらったら？」と提案した。

でも、琴葉は駅前のファストフード店で働き出した。でも、そこで意地悪なパートの先輩にネチネチいじめられて、三ヶ月で辞めた。その後、美琴がバイトしていたカフェで楽しく働き始めたのだ。

「自分で決めたことって、いつも上手くいかないんだよ。わかってるんだけどさ、失敗したときに限って『お姉の真似しとけばよかったな』って思ってるだけだって。わかってるけど、実際問題、上手くいくんだもん」

子供っぽく両手を握り込んで頬を膨らませて、琴葉はそっぽを向く。

「来栖さんだっけ？　あの人が言ってたこともわかるよ。受験も就活も、なんでもお姉が二年先に経験してるから、傾向と対策もバッチリでさ。真似っこすると楽だなって思ってたし、真似しないと不安になるときもある。大事なことになればなるほど余計に」

今の会社だってさあ……。ちらりと美琴の顔色を窺いながら、琴葉は続ける。

「お姉、怒らないで聞いてよ？」

「聞いてから考える」

ええ〜と口をへの字にしつつも、琴葉は話し出した。

「食品メーカーの商品企画職をお姉が志望してたから、私もその仕事になんとなく興味が湧いたの。お姉が希望部署に行けなかったって言ってたから、私は新人でも好きな部署に行ける会社にしようって思った。でも、三合フードで働いてみてわかったけど、私、別に今の仕事、好きなわけじゃない」

「うわ、腹立つぅ。私、三合フードに落ちてるのに」

「だから、怒らないでって言ったじゃん」

虫の居所が悪かったら、今ので確実に怒っていた。ゴールデンウィークの帰省中、琴葉と一言も口を利かなかったかもしれない。

「でも、それくらいで転職するのはもったいない会社だと思うよ、三合フード」

「お姉もそう思う？　未谷さんも、まずは三合フードで今の仕事にしっかり取り組んでみることをオススメしますって言うの。別に働くのに仕事を大好きでいる必要はないからって。好きじゃなくてもいい仕事ができるって、すごく貴重だって」

「なるほどねえ、確かにそうかも」

美琴だって、営業の仕事は好きというわけではない。配属されたから、仕事を与えられたから、こなしてきた。それなりの成績を残してるし、評価もされている。

他に不満がなければ、転職する必要もなかった。

「好きじゃないけど、そこそこなせるから」で働き続けられる時期は、もう過ぎてしまった。新卒は初任給アップしたのに美琴達は据え置き。新卒は全員希望部署に行けるのに、美琴の異動希望はあの手この手で取り下げるよう説得される。

「でも、私は転職するよ。さっき来栖さんに選考を受ける企業をちゃんと伝えたの。あんたはあんたで、どうするかさっきのCAさんとしっかり考えなよ」

「はーい、そうしまーす」

キャリーケースの上にのせていたボストンバッグに、琴葉がおもむろに手を伸ばした。気まずいから持ってあげよう……ということらしい。「しおらしい気遣いをするでない」と笑い飛ばした。

「とりあえず、転職はさ、お互い自分で決めようよ。でも不安は不安だから、いっぱい相談しよ。ていうか相談のって。私、連休明けに面接受けることにしたの。したんだけど、また迷っちゃいそうだから」

「ええー、そんなの、受けるって決めたんだからもう深く考えるのやめなよ」

琴葉の「あははっ！」という甲高《かんだか》い笑い声が、梅田駅へ向かう広々とした道に響き渡った。大型連休の浮かれた賑やかさに負けないくらい、弾《はず》んだ声だった。

未谷千晴

「信じられないです。大阪であんな美味しくない串カツ屋さんに当たるって逆にすごいですよ。この食い倒れの街で！」

夜になって一層混み始めた新大阪駅構内を歩きながら、千晴は前を行く来栖に向かって盛大に溜め息をついた。

「君が俺に店選びを任せたんじゃないか」

来栖は鬱陶しげに振り返ったけれど、口元が緩《ゆる》んだのを千晴は見逃さなかった。

「大阪なんてどのお店も美味しいから油断したんです。揚げるまではとっても美味しそうだったのに、秘伝のタレとやらがあんなに不味《まず》いなんて誰も思いませんよ」

「俺も驚いたよ。久々に直感でまともな店を引いたと思ったのに、あの謎のタレのせいで何もかも台なしだった」

来栖には不思議な特技（と言っていいのか千晴は未《いま》だにわからない）がある。とにもかくにも不味い店を引き当てるのが上手いのだ。

口コミサイトを毛嫌いする彼は、まずその手のレビューや星の数を当てにしない。勘で店選びをするのは構わないのだが、仕事なら冴え渡るはずの直感が飲食店選びでは曇りに曇る。

「次は私がお店を選びますから。大阪支社厳選の、ちゃんと美味しいお店を」

「できることならもう出張は勘弁してほしいよ」

めまぐるしい人の往来の中、歩きづらそうに杖をつきながら来栖は肩を落とす。

「本当に日帰りするんですね」

改札前で時間を確認した来栖は、「当然だろ」と千晴を見やった。

「ゴールデンウィークなんだから、一泊して大阪観光でもすればいいのに」

「俺が出張ついでに観光を楽しむ人間に見える？」

「いえ、見えませんけど」

大型連休初日の新大阪駅は混んでいた。改札からひっきりなしに大荷物を抱えた人々が吐き出され、同じだけの数の観光客と帰省客が吸い込まれていく。

「俺が来ると知って大阪支社の人間が怯えているとクレームも来てるし、早く帰ってくれた方が君も助かるだろ」

「本当にそうですよ。今日は休みを取ってる人も多くて助かりましたけど、魔王様が大阪に来るってみんな震えてたんですから。山《やま》さんと沙也香《さやか》さんは椅子から転げ落ちるし、新人の犬飼《いぬかい》君なんてデスクに十字架を置くようになったんですよ？」

十字架で撃退できるのは吸血鬼では？　なんてツッコめるわけもなかった。魔王を大阪に招喚《しょうかん》してしまったのは他ならぬ千晴なのだから。

「失礼だな。大阪支社の人間とはそこまで関わりがないのに」

「魔王様の悪名がこっちまで轟《とどろ》いてるんですよ。尾ひれがたっぷりついて」

もともと、大阪転勤をするのは来栖の予定だった。紆余曲折《うよきょくせつ》を経て転勤したのが彼ではなく千晴だったのは、振り返ってみれば正解だったのだと思う。関西弁の飛び交う穏やかで楽しげなオフィスがどうなっていたか――想像もしたくない。

「すいませんでした、来栖さんがわざわざ大阪まで来ることになってしまって」

新幹線の時間が迫っているのを察し、千晴は姿勢を正した。

「でも、来栖さんが村瀬美琴さんを連れてきてくださったおかげで、信じられないくらい早く話が進んだと思います。ありがとうございました」

「君から村瀬琴葉の話を聞いて、二人まとめて話をするのが手っ取り早いと判断しただけだよ」

「それにしたって、来栖さんが大阪まで来るとは思いませんでした。大阪転勤を断固拒否した来栖さんが」

この魔王様は、家と会社の往復以外で極力外を出歩きたくない人なのだ。会社の入っているビルの上階がマンションだったら迷わず買うと宣言しているくらいだ。

「未谷さんが元気そうなのもわかったので、さっさと帰るよ」

さらりとそんなことを言って、改札に向かって歩いていく。周囲の忙《せわ》しない足音に紛《まぎ》れることなく、彼の杖の音が淡々と響いた。

「お気をつけて」

歩みを止めることなく、来栖はゆっくり振り返った。

「そちらも、精々《せいぜい》頑張って」

エールにはほど遠い素っ気ない言い方だった。彼はもう振り返ることすらせず、改札の向こうに消えた。杖と共にゆったりと歩くその背中が、人混みに消える。

姿が見えなくなるまで私が見送っていたことに、果たしてあの人はちゃんと気づいているのか。一際《ひときわ》大きなキャリーケースを引いて歩く外国人観光客の団体を横目に、そんなことを思った。

第二話

それは組織が個人に甘えてるだけです

二十七歳／男性／私立大学職員

玉谷学

「フレーバーの開発、パッケージの変更、PRの企画と、商品企画部といっても業務内容は多岐にわたります。ただすべてに共通しているのは、自社の商品をよりいものにすること、よりいい形で消費者に届ける方法を考えることです」

大ホールの壇上で堂々と話す女性は、村瀬《むらせ》という大学時代の先輩だった。同じゼミで学年も一つ違いだったから、何かと顔を合わせることが多かった。

向こうもこちらのことを覚えていて、先ほど控室に挨拶《あいさつ》に行った玉谷学《たまやまなぶ》の肩を、「あ〜！　玉谷君だ！」とガシガシ叩いてきた。学の眼鏡《めがね》がずれ落ちるほどの勢いだった。先輩のノリは学生時代と全く変わっていなかった。

大阪にある大手食品メーカー・三合《さんごう》フードでの仕事について語る村瀬に、ホールに集まった学生の視線が集中する。私服の学生が八割だが、大学の就職支援課が主催する就活イベントだからとリクルートスーツで参加している学生もちらほらいる。

出番を終えた村瀬が拍手に送られてステージを降りてくる。進行表片手に、学は村瀬に深々と頭を下げた。

司会者が次の登壇者を呼び込む。学はステージ袖《そで》の椅子で待機していた山本《やまもと》をステージに誘導した。

「緊張するわあ。玉谷もバタバタで大変だな」

微塵《みじん》も緊張した様子のない山本は、ネクタイを直して足取り軽くステージに出た。パリッとしたスーツがステージの照明を受け、誇らしげに輝いた。

「あずさ建設営業部営業第一課より参りました、政治経済学部ＯＢの山本征一《せいいち》と申します。浪速《なにわ》大の後輩の皆さん、本日はよろしくお願いします！」

山本は大学時代の同級生で、同じアカペラサークルに所属していた。山本は東京の大手建設会社に内定し、学はこの浪速大学で職員として採用された。

母校である浪速大は、関西の中堅私立大学というやつだ。学生課や教務課、就職支援課の職員には在学中に散々世話になったから親しみがあったし、何より大学職員は比較的ホワイトな業界で安定した職業だという認識があった。

大学は国が認めた教育機関だし、非営利組織だから月々の売上やノルマに追い回されることもないし、私立大学とはいえ浪速大くらいの規模とレベルなら、少子化のこの時代もそう簡単に潰《つぶ》れないはずだ。

堅い選択だなと思ってこの仕事に就いて、かれこれ五年になる。

「玉谷君、ちょっとちょっと！」

ステージ袖にやって来た職員が、小声で、でも動きだけは忙《せわ》しなくバタバタしながら学を呼ぶ。

「アドミッションセンターの田村《たむら》課長が、来週のインタビュー撮影について聞きたいことがあるって騒いでる」

「明日の朝に説明するって昨日メールしたのになあ……」

こめかみに手をやって、時間を確認した。さすがに今ここを抜けるわけにはいかないから、とりあえずアドミッションセンターの田村に要点だけをメールし、一時間後に行くとだけ伝えた。これでしばらくは落ち着いてくれるだろう。

その間も、山本は後輩達に向かって堂々と自分の仕事について語っていた。

「あずさ建設が携わる建築物は、何十年も地図に残る巨大なものばかりです。僕も入社三年目から渋谷の再開発事業に参加しています。ただビルを造るだけでなく、新しい街の営《いとな》みを作るというスケールの大きさに、やり甲斐《がい》を感じています」

山本の話に、学生から拍手が湧いた。一礼してステージを捌《は》けてきた山本は、清々《すがすが》しい顔でほっと胸を撫で下ろしていた。

「ああ~緊張した」

頬を緩《ゆる》めた山本の背中を、学は「お疲れ様」と叩いた。

「何が緊張だよ。ドヤ顔で話してたくせに」

「実態は失敗ばっかりだし、上司に怒られてばっかりなんだけどな」

肩を落としながらも、山本は笑顔だった。卒業生が後輩に仕事について語るイベントだから、事実を誇張《こちょう》したり華々しい部分だけを切り取ったりした部分もあるのだろうが、山本が建設会社で大きな事業に関わっているのは事実だった。

「なーんか、頑張ってるね、山本」

「いや、だって俺らもう二十七だろ？　立派にアラサーなわけだし、胸張って語れる仕事の一つや二つないとさ」

何気ないふうに言うが、数年前に山本が渋谷の再開発事業のメンバーになったとき、ゼミのOB会でハイボール片手に愚痴《ぐち》っていたのをよく覚えている。雑用同然で放り込まれ、なんの期待もされてないのだと。

それでも雑用からコツコツ働いて、実績を積み、二十七歳になった今はしっかり「自分の仕事」として胸を張っている。

就職支援課の職員が山本に礼を言っているのを横目に、学はスマホを確認する。アドミッションセンターの田村からもう返信があった。要約すると「急ぎなんだから早く説明に来てくれ」ということだった。

就職支援課は、文字通り学生の就職活動をサポートする部署だ。こうやって社会で活躍する卒業生を招集してイベントを開いたり、就活の相談にやって来る学生と面談したり、企業を招いて会社説明会を実施したり。

学は去年、この部署にいた。

一方、アドミッションセンターは学生募集にまつわる部署だ。受験生を集めるために広報を行い、オープンキャンパスを開き、時には全国各地の高校に出向いて大学をPRする。

学は一昨年、この部署にいた。

その前は教務課で授業運営や学生の成績管理をしていた。

その前は学生課で授業関係以外の学生生活全般のサポートをしていた。

そして現在、地域連携課という……大学が地域と連携してその存在価値を高めていくことを目的に今年度から設置された部署にいる。

新卒で大学職員になって五年、すでに五つ目の部署だった。一つの部署に、一年以上いたことがない。

それなのに……いや、きっとそんなだから、こうして就職支援課のイベントに駆《か》り出されているし、アドミッションセンターの業務にも助っ人している。

山本に「今度また飲もう」と挨拶して、学は大ホールを出た。山本の出番が終われば、学の役目は一段落する。閉会までに戻れば問題ないはずだ。

学生課や教務課の集まる校舎に入り、一番開けた場所にカウンターを構えるアドミッションセンターに飛び込むと、課長の田村が「あー、玉谷君やっと来たよ～」

と大袈裟《おおげさ》に頭を抱えた。

学がこの部署にいたときからそうだったが、田村は自分が関わる仕事に異常にせっかちで、己《おのれ》が知らぬ間に話が進んでいるのが我慢ならないタイプなのだ。急ぐ必要がない案件でも、気になってしまうと「早く報告してくれ」と止まらない。

「困るよぉ～取材は来週なんだからさぁ」

あと、自分が待たされたあとは必要以上に「迷惑をかけられました」という空気を作るので、若手からは大層《たいそう》煙たがられている。

「はい、来週の広報用の卒業生インタビューですが、昨日メールでお送りした通りすでに対象者三名へスケジュールをお送りしています。そのうち一名から緊急の時間変更要望がありましたが、こちらはすでに調整済みです。カメラマンとインタビュアーの手配も済んでいて、そちらもスケジュールは共有しています」

田村が気になっていたことを一通り告げる。何か言いたげに口を開いた田村だったが、知りたかったことは全部知れたと気づいたのか、そのまま口を閉じた。

「ああ、そうかい、それならいいんだ。今度からそれをもっと早く報告してちょうだい。報連相《ほうれんそう》は仕事の基本だから。報連相されないと、上司が困るんだよ」

僕はもうあなたの部下じゃないんですけどね、とはさすがに言えず、学は「はい、失礼しました」と頭を下げた。

「玉谷君もさ、理事長肝《きも》いりのプロジェクトに参加して慌ただしいようだけれど、仕事の基本を忘れちゃいけないよ」

「はい、気をつけます。それでは、就職支援課のイベントの助っ人仕事がまだ残っていますので」

失礼します、と再び一礼し、学は大ホールへ走った。スマホを確認すると、今度は就職支援課の職員から「イベントに参加したOB・OGへの謝礼の件で……」とメッセージが届いていた。


「いや～玉谷君が来てくれて助かったよ」

就活イベントも無事終了し、大ホールの撤収作業をしていたら、就職支援課の部長である堤下《つつみした》に礼を言われた。

「玉谷君を地域連携課に連れていかれちゃってから、新しい人が全然来なくてさ、新年度から人手不足でどうなることかと思ってたんだ」

つまりそれは、引き続き困ったら助っ人として学を招喚《しょうかん》したい、ということだろうか。笑みを浮かべる堤下に、学は「はあ」と相槌《あいづち》を打った。

「地域連携課はどうなの？」

就職支援課に持ち帰る備品を台車に積み込みながら、学は曖昧《あいまい》に笑ってみせた。

「まだまだ本稼働にはほど遠いですから、右往左往しながら進めてますよ。もたもたしてると理事長にドヤされそうで怖いですけど」

「でも、玉谷君の歳で理事長の覚えがいいのはすごく貴重だよ。結果を出せばトップが必ず見てくれるってことだからね」

人気《ひとけ》のなくなった大ホールに、部長の笑い声が響いた。別の職員が学と同じように台車を押しながらホールを出ていく音も、いやに大きく聞こえる。

結果を出せばトップが必ず見てくれる。確かに、そうなのかもしれない。

地域連携課に行くことが決まったとき、同期から「出世コースに乗ったってことなんじゃない？」と羨《うらや》ましがられた。そう捉《とら》えることもできるのかもしれない。

できるのかもしれない、が。

未谷千晴

玉谷学という求職者は、真面目という言葉をそのまま人の形にしたような顔をしていた。面談ブースに通され、出されたお茶を「失礼します」とキッチリ会釈《えしゃく》してから飲む姿に、職場でもこんな感じなのだろうと千晴《ちはる》は思った。

「玉谷さん、浪速大で働かれてるんですね。志願者数が右肩上がりだとこの前ニュースで見ました」

ノートPCで玉谷の履歴書《りれきしょ》を確認しながら話を切り出した千晴に、玉谷は「あ～、そうですかぁ」と何故か歯切れ悪く答えた。

「そうですね、理事長のトップダウンでフットワーク軽くいろんなプロジェクトが動くので、メディアの露出は競合の私立大の中でも多い方です。受験生と保護者に対する親しみやすさの刷り込みが成功しているのが理由だと思います」

「親しみやすさの刷り込み、ですか」

「大学の偏差値や序列はなかなかひっくり返りませんけど、同じ偏差値帯で二つの大学から一つを選ぼうと思ったとき、最終的に〈よく知ってる〉が決め手になることが多いので。メディアを活用したブランド力増強が弊学《へいがく》の戦略といいますか」

「では、どうして転職をお考えに？」

理路整然と話していた玉谷の眉尻《まゆじり》が、ガクンと見事に下がる。

「すみません、今日伺《うかが》ったのは、転職しようと決心したわけではなく、自分のキャリアについて漠然《ばくぜん》と相談にのっていただきたかっただけなんです」

「構いませんよ。ご相談の結果、転職をやめる方も多いですし、一年以上キャリア相談を重ねている方だっていますから」

そこまで言って、玉谷はやっと表情を緩めた。「よかったです」と千晴に軽く頭を下げ、静かに話し出した。

「僕の勤める浪速大は、外から見たらよくメディアで話題になる活発な大学でしょうが、内部ではそう見えるように職員が走り回っているわけです。うちはトップダウンですべてが動くので、理事長の思いつきでさまざまなプロジェクトが生まれ、それを成立させるために人員が配置され、時にはそのための部署まで作られます」

玉谷の職務経歴書には、浪速大の職員に採用されてからの五年間で五つの部署を経験したと書いてある。

「例えばこの……『浪速大1000人ボランティアプロジェクト』というのは？」

「千人の浪速大生を全国各地にボランティアとして派遣するプロジェクトですね。ただ学生がボランティアするだけだと話題性がないから、〈1000人〉というインパクトのある人数を派遣することを理事長が思いついたんです。学生課にいた僕が、学生集めの中心メンバーを命じられました」

「翌年のクォーター制導入というのは？」

「一年間を四つの学期にわける授業システムですね。一つの授業を半年もしくは一年間受けるのではなく、約二ヶ月で完結させるんです。短期集中型の学習を促《うなが》して、海外留学などをしやすい環境を作ろうという取り組みです。浪速大は長く二学期制だったので、授業のシステムを完全にイチから作り直す必要があり、人員不足のために僕が学生課から教務課に異動になりました」

翌年、玉谷は入試業務を受け持つアドミッションセンターに異動する。理事長の強い意気込みで開設が決まったデータサイエンス学部の広報のためだったという。

さらにその翌年には就職支援課へ。全学生マンツーマン支援と就職率前年比一〇パーセントアップを実現するために奔走《ほんそう》したらしい。

そして今年、これまた理事長の一声で新設された地域連携課に異動になった。

「……現在この部署で、玉谷さんは何をされてるんですか？」

玉谷は困惑気味に首を傾《かし》げた。

「できたばかりの部署でして、正直全職員が右往左往してるんですが……大学が自治体と連携して、お互いにとって利益を生み出せるようなプロジェクトを提案・実現し、浪速大の存在感を高めていく……という理念の部署です。とりあえず僕は大学の最寄り駅にある商店街と何か共同プロジェクトができないかと、商店街の組合長と交渉しているところです」

履歴書・職務経歴書と相違のない話しぶりに、千晴は大きく頷いて玉谷の顔を凝視《ぎょうし》した。

「とてもやり甲斐のあるお仕事をされていると思いますが、五年間で五つの部署というのは、異動が多すぎると思いました」

「はい、シェパード・キャリアさんに行こうと思ったきっかけは、それです」

　深々と溜め息をついた玉谷は、「異動、多すぎますよね……」とうな垂《だ》れた。

「理事長の思いつきで次から次へと新しいプロジェクトや部署ができるせいで、それに振り回されてあっちこっちへ異動させられてるんです」

「しかも、異動後も前の部署に駆《か》り出されてますよね」

「この間までいた職員なんて、助っ人で呼ぶのにちょうどいいですからね。大学職員といっても、部署が違えば業務内容も全然違います。異動の辞令は、事実上の転職命令です。だからこそ特定の部署で経験を積んで、広報のスペシャリスト、教務のスペシャリスト、財務のスペシャリストなどを目指していくんですが」

　言葉を切った玉谷は、力なく眼鏡の位置を直した。釣られて千晴も自分の眼鏡の鼻当て部分に手をやっていた。

「僕はこの通り、一年ごとにコロコロ転職させられて、どの部署でもスペシャリストにはなれてない」

　一年で異動だなんて、人員の育成がまともにできるわけがない。最低でも二年はいないと、その部署の業務に関連した専門性なんて身につかない。

「学生時代の同期達は、新卒で配属された部署で五年働き続けて、何者かになろうとしてるんです。特定の業務に長く携わって、何かしらに精通した社会人になりつつある。僕は何が身についたのか？　と考えたら、人手不足の場所でとりあえず業務を回して、達成しろと命じられたことを突貫で形にする……それだけ、といいますか……」

　玉谷の年齢を確認する。二十六歳は、確かに「何の専門性も身についていない自分」に焦る《あせ》るタイミングのはずだ。

　一応ＣＡという肩書きを持つ千晴でさえ、今年二十九歳になるという事実に震えるときがある。私は二十代の間に何者になれたのだろう、と。

「理事長肝いりの部署にいるということは、組織のトップに直接成果をアピールできるチャンスだという人もいます。そういう組織の人員に指名される時点で、出世コースに乗れたってことなんじゃないかと同期にはフォローされました。ただ、そんな楽観的に考えていいものなのか、という不安が常にあるんですよね」

　現在の職場をネガティブに捉えすぎてもいけないとフォローを考えていたのに、玉谷本人に見事に先を越されてしまった。分析力というか、物事を俯瞰的《ふかんてき》に見るのが玉谷は得意なようだ。

「あのっ、こう見えて僕は就職支援課に一年いたので、新卒採用だけでなく転職事情についてもそれなりに詳しい方だと思うんですが」

　ぐんと身を乗り出した玉谷に、千晴は思わず仰《の》け反《ぞ》った。躙《にじ》り寄られたわけでもないのに、奇妙な圧があった。

「あくまで一般論として、未経験業界に行けるのは二十五歳まで、経験業界だったとしても転職限界年齢は三十五歳、と言われていますよね？　あくまで一般論でしょうが、一般論となるだけの説得力はある話だと思います。僕は二十六歳なので、早く何らかの専門性を身につけないと、どこにも行き場のない人材になってしまう。今のまま浪速大で働き続けて大丈夫なのか？　と毎日のように思っています」

「ちなみに、今の職場で『一つの部署でじっくり働きたい』と訴えることは……」

「三年目に二度目の異動を命じられて以降、毎年訴えてきましたが、『あの部署で君の力が必要なんだ』と説得されるばかりで全く取り合ってもらえませんでした」

諦めきった玉谷の目に、千晴はいつか読んだニュース記事を思い出した。浪速大の理事長が素晴らしいリーダーシップを発揮して前時代的な大学をどんどん改革している～という内容だった。インタビューを受ける理事長の顔は達成感に満ち満ちていて……悪い意味で傲慢《ごうまん》な表情をしていた。

「ただ、いろんな部署の人間から頼りにされるのは、一応のやり甲斐も感じられます。助けが必要な部署に回しても大丈夫だと能力や人間性を評価してもらっている、と思うこともできます。ですが、客観的に見て僕のその判断が正しいのか、はたまた転職をするべきなのか、どうにも決めかねているんです」

話しているうちにすっかり自信を失ったらしい玉谷が、がっくりと肩を落とした。「せめて三年目に転職を決意するべきだったかなあ」とまでこぼす。

「玉谷さんはご自分に何の専門性もない、とおっしゃいましたけど、いろんな部署を経験したからこその玉谷さんの強みは必ずあると思いますよ？」

「ああ……対応力とか臨機応変さとか、そういうのですよね。でもそれって、二十代前半のこれから育成する人材なら高評価でも、専門性と実績を持った人間として期待されるアラサーじゃ、話が変わっちゃうんじゃないかと思うんですけど」

言おうとしていたフォローを見事に先回りされ、駄目押しのように「そのフォローは的外れだ」と指摘されてしまい、千晴は口を開けたまま固まる羽目《はめ》になる。大学生の就職活動をサポートしていただけはある。小手先のフォローは通じない。

「気にならないでください。就職支援課で学生と面談していた経験があるので、僕みたいな人間の長所を言い表すとしたら、対応力と臨機応変さだよなあってわかっちゃうんですよね。学生の心が折れないように、モチベーションが保《も》つように、褒《ほ》めて伸ばす必要があるので」

結局、玉谷が転職すべきなのか今の職場で働き続けるべきなのか、結論は出なかった。予想通りという顔で玉谷は帰っていった。

「大学生の就活指導してたら、私の言うことなんてそりゃあ予想通りか……」

デスクに戻って堪《たま》らず呟《つぶや》いた。いつもなら関西支社のメンバーが「どうしたの？」と声をかけてくれるのだが、今日はオフィスの空気が強張《こわば》っていて、みんな黙々と自分の作業に集中している。

原因は言うまでもなく――面談ブースの方から響いてきた杖の音に、千晴は無意識にこめかみに手をやっていた。

能面顔負けの無表情でオフィスにやって来た来栖《くるす》に、強張っていた空気は完全な緊張に変わる。普段の和気藹々《わきあいあい》とした雰囲気はどこへやら、だ。

「来栖さーん」

大阪出張した洋子《ようこ》がいつも使っているデスクに、千晴は音もなく歩み寄った。椅子に腰かけた来栖が「何か？」とこちらを見もせずノートＰＣを開いた。

「難しいとは思うんですけど、もうちょっと殺気を消してくださいよ。みんな怖がってるじゃないですか」

小声で話しかけた千晴に、来栖は案の定、口をへの字にひん曲げた。

「殺気も出るだろ。大阪出張を命じられて『大阪支社の中途採用を全部任せる』なんて社長に言われたら」

数週間前、村瀬姉妹の転職の際に大阪へ出張した来栖を見て、洋子は「なーんだ、一人で大阪行けるじゃない」と子供の初めてのおつかいを見届けた親のような反応をしたという。

結果、今回の大阪出張と採用業務を来栖は一手に引き受けることになった。三日間の出張中、彼はひたすら面談ブースの一角で応募者と面接を繰り返している。

「来栖さん、まさかですけど、応募者にもいつもの調子で毒吐いてませんよね？せっかく応募してくれたのに、みんな逃げちゃいますよ」

「君は俺を何だと思ってるんだよ」

話しながらメールを何通か送ったらしい来栖は、無言のまま杖を手に取った。

「十五分貸して」

千晴を指さしてそう短く言い、再び面談ブースの方へ歩いていく。側《そば》のデスクで縮こまっていた新卒三年目の犬飼《いぬかい》がギョッとこちらを見るものだから、「大丈夫、オフィスが吹き飛んだりはしないから」と宥《なだ》めて来栖のあとに続いた。

面談ブースの一つに入って腰かけた瞬間、彼とこうやって話すのが久々なことに気づいた。三年以上前、千晴が求職者で、彼が千晴の担当CAだった頃に一瞬だけ戻った気分だ。

「社長から伝言なんだけれど」

杖をテーブルの端に置き、何の世間話もせずに来栖は切り出す。

「中途採用が終わって大阪支社の人員が増えたら、それと入れ替えで未谷《ひつじたに》さんには東京に戻ってほしいそうだ」

「大阪転勤は終了、ってことですか」

大阪で中途採用をするとなったときから、ぼんやり予想していた。もともと千晴が大阪に来たのだって、こちらのCAが一人退職して人員不足だったからだ。

「昨日と今日の面接でいい人が見つかったから、新しいCAが近日中に二人増える予定だ。大阪転勤を満喫《まんきつ》してた未谷さんには悪いけど、また東京で馬車馬のように働いてもらうことになった」

長いようで短い転勤だったなあ、と目を細めた千晴を、何故か来栖は呆《あき》れ顔で見つめてきた。

「で、ここまでが社長の考え。未谷さんの希望も聞いておきたいんだけど」

「……希望といいますと?」

「君がもう少し大阪で働きたい、もしくは東京に戻るのは断固拒否したいと言うなら、社長にかけ合うってこと」

「そもそも、かけ合って拒否できるものなんですか」

転勤って……。言いかけた千晴に、来栖が小さく鼻を鳴らす。

「そもそも、転勤や単身赴任に事実上の拒否権がないってのが変だと思わないか。

会社の判断で本人の意志とは関係なく住む場所・働く場所を変えさせて、場合によってはその家族まで振り回すのに」

「いや、まあ、確かにそうなんですけど」

「君は自分の意志で大阪に転勤した。だから、戻る戻らないは可能な限り君の希望を通そうと俺は思っている」

はあ、と頷いたきり、言葉が続かなかった。ものすごく真っ当なことを言われているのに……いや、真っ当だからこそ、どうしてこれまで大勢の人が為《な》す術《すべ》もなく転勤していったのだろうと改めて考えてしまう。

そして、先ほど面談をしたばかりの玉谷学の顔も一緒に浮かぶ。

「あの、私がどうするかは私がじっくり考えるので一旦置いといて、今の転勤云々《うんぬん》を踏まえて私の担当してる求職者の話を聞いてもらえませんか」

求職者の話を持ち出したのが意外だったのか、来栖は少しだけ目を瞠《みは》った。

「なに、また厄介《やっかい》な求職者にでも当たったの」

「厄介ではないですが、ちょっと難しい状況にある方です。来栖さんに助けていただきたいんじゃなくて、来栖さんの見解を聞きたいんです」

どうすればいいかと聞いて、もし来栖が機嫌よく答えてくれたとしたら、玉谷の転職はトントン拍子に進む気がする。いや、間違いなく進む。でもそれでは、自分がわざわざ大阪に転勤した意味がない。

この男がいなくてもＣＡとしてちゃんと働けると証明するための、大阪転勤だったのだから。

「構わないけど」

「居住地の変わる転勤ではなく、異動の場合はどうなると思いますか」

それだけで来栖は事情を察したらしい。「なるほど」と肩を竦《すく》め、テーブルに両《りょう》肘《ひじ》をついた。

「会社という組織の一員である以上、その一部として配置換えに従うことは確かに必要なことだ。本人がやりたいと思っていること、適性があると思っていることと、会社がその人にやらせたいこと、適性があると判断するポイントが異なる場合だってよくあるわけだから」

でも。短く頷いて、来栖は静かに目を伏せた。

「異動によって会社が自分の能力をどう活かそうとしてるのか、どう伸ばそうとしているのかが本人に伝わっていない。もしくは、異動が組織に与える利益は考慮しているのに、社員に与える利益及び損失を考慮していないのが社員本人に見透《みす》かされている。そういうのが、不本意な異動によるモチベーションの低下を招くんじゃないかな」

村瀬姉妹のことを思い出した。来栖が担当した姉の美琴《みこと》は商品企画部を志望していたのに、異動できないまま何年も営業部で働いていたという。

営業部に彼女が必要だったのは事実。彼女が営業部で活躍できていたのも、事実。会社からすれば、適材適所に人材を配置しているつもりだったのかもしれない。

村瀬美琴の希望や不満を見て見ぬ振りしているうちに、彼女は転職してしまった。先日、村瀬美琴は都内の食品メーカーに商品企画職として無事内定し、千晴が担当した妹の琴葉《ことは》は転職活動をやめた。「せっかくいい会社に入れたんで、もうちょっといろいろやってみまーす」と最後の面談で宣言していた。

「転勤も異動も会社の指示で会社のために動くものだけれど、そこにどれだけ〈自分のため〉を見出せるかが大事だし、いい組織とはそれが上手いのだと思う」

言い終えた来栖が、しまった、とばかりに口元に手をやった。

「ちょっとヒントを出しすぎた気がする」

「ええ、こんなに的確なことばかり喋《しゃべ》っていただけるとは思いませんでした」

「異動やら転勤については、昔からいろいろと思うところがあったからね」

「シェパード・キャリアにですか？」

「違うよ、昔勤めてた会社だよ」

眉間《みけん》にうっすら皺《しわ》を寄せた来栖に、彼がかつて——事故で足を悪くする前に商社勤めをしていたこと、事故後の異動が原因で会社を辞めたことを思い出した。

「俺が働いてた商社も、転勤や異動に有無《うむ》を言わせないタイプの会社だった。出世レースで勝ち上がるために海外転勤したがる社員もいたけれど、同じくらいそうじゃない社員も海外に行かされてた。転勤を渋りそうな社員は、結婚や子供が生まれたタイミング、家を買ったタイミングを狙って転勤の命令が下ってた」

「守るものができた人間はそう簡単に辞めないし、会社に従わざるを得ないから、強引な辞令を出すのにちょうどいい、ってことですよね」

「そういうやり方は、社員を人と思っていない傲慢なやり方だと思う。異動だってそうだ。社員をただのコマと見て動かすのか、一人の人間としてキャリアや将来を考えて、本人が納得して異動できるようにするのか。同じ異動でも全く本質が違う。昔はそれでも会社に従う人間が多かったけれど、今は転職がある。自分が勤める会社と対等な立場で交渉ができないなら、よその会社と交渉すればいい」

いよいよ話しすぎたと思ったのか、来栖は「あとは精々自分で頑張って」と言い残し、杖を手に取った。

自分は大阪転勤で何を得たのだろう。玉谷の話を思い返しながら、面談ブースの中で一人しばらく考え込んだ。

玉谷学

「な、なんとか形になったね……」

大学の正門から中庭へと続く並木道にずらりと並ぶパイプテントを前に、学は堪らず声に出していた。同じ地域連携課に所属する後輩の坂井《さかい》が「いや、無事に終わるまで油断はできないっすよ」と鼻息荒く首を横に振る。

今年できたばかりの地域連携課には、目に見える実績がとにもかくにも必要だった。理事長の肝いりでできた新部署だから、早く成果を見せないと上層部から「何をもたもたしてるんだ」とお叱りが飛ぶ。

学を始め地域連携課の職員達が頭を捻《ひね》り、西へ東へ駆けずり回った結果開催されたのが、地元商店街、浪速大と縁のある地方の農家、ＯＢ・ＯＧの経営する企業を集めた青空市だった。各学部のゼミやサークルからも出店を募り、なんとか三十個用意したブースが埋まった。

商店街のパン屋は人気商品をセレクトして販売し、老舗《しにせ》の和菓子店はみたらし団子と苺大福を並べ、各地の農家のブースには新鮮な野菜が山を作り、ＯＢが経営するレストランはオードブルの詰め合わせを売っている。

土曜の午後開催にしたことで、来場者数も上々だった。土曜は授業が少ないから学生の姿はまちまちだが、高齢の夫婦や家族連れの姿が目立つ。地域連携とは特に関係はないが賑やかしで呼んだクレープとローストビーフ丼のキッチンカーが一番人気なのは、気づかないふりをしておこう。

「とりあえず、理事長の視察はクリアできると信じよう……」

学の呟きに、坂井が「ですね！」とやはり鼻息荒く頷く。学と違って、坂井は地域連携課にやって来たその日からこの調子だった。成果を上げれば必ず理事長の目に留まるこの仕事を、出世への近道だと認識しているのかもしれない。

「さあ、そろそろいらっしゃるぞ」

呟いた瞬間、事務棟の方から理事長が歩いてくるのが見えた。ワイシャツとネクタイの上に浪速大のロゴ入りジャンパーを羽織り、親しみやすいスタイルに柔和な笑みを浮かべている。テントの前で一軒一軒足を止め、店主や売り子と言葉を交わす姿は、選挙前にせっせと地域住民と交流する政治家のようだった。

来場者にパンフレットを配りながら、学はちらちらと理事長の方を確認した。

商店街の人々、地方からわざわざやって来た農家の生産者、浪速大の卒業生、さまざまな人がキャンパスに集まり、学生や一般来場者と交流する。これは理事長が期待した地域連携の姿のはずだ。「大学が地域と連携してその存在価値を高めていく」という地域連携課の存在理由を、多少なりとも体現しているはずだ。

「いやあ、地域連携課のみんな、お疲れ様」

一通り青空市を視察し終えた理事長は、最後に学達職員のもとへやって来た。合図もなく、全員で「恐縮ですっ」と一礼した。

「晴れてよかったねえ。これぞ絶好の『なにわマーケット』だ」

学達は「青空市」と呼んでいるが、イベントの正式名称は「つながり・つながる！　なにわマーケット」だった。当初は「浪速大青空市」という名前で進んでいたが、理事長が「こんな名前じゃマスコミは食いつかないだろう」と改名した。学は発注していたイベント用の看板を慌てて修正することになった。

「う〜ん、でも、もうちょっと出店数があった方が盛り上がったね。キッチンカーも、学生に運営を任せるとかさ、もっと工夫できたと僕は思うけどなあ」

しっかり微笑《ほほえ》んだまま、理事長は学を見た。学が地域連携課の課長と理事長の橋渡しをするために走り回ったから、何かあるとまず学に声をかけてくるのだ。

「はい、次回以降の課題とします！　今後ノウハウも蓄積《ちくせき》されていくと思うので！」

割って入るようにして、坂井が威勢のいい返事をした。このイベントに熱心に取り組んでいたら、この後輩を目障りだと思ったりするのだろうか。正直今の学にとって、坂井のこの前に出たがりな熱中ぶりがありがたい。

「君は坂井君だったか、そういうポジティブな姿勢、僕は大好きだよ」

「ありがとうございます！　地域連携課の仕事は大変やり甲斐があります。次は僕もバシバシ企画を出していこうと思います！」

やる気ある若者の姿に理事長はご満悦だった。理事長は、とにかくやる気ある学生や若手の職員が大好きだから。

しかし、駄目出しや指示をしようとすると、理事長は自然と学の方を見る。

「テントもね、専用のロゴマークを作らせてもっとスペシャルな感じにしよう。装飾にもオリジナリティがほしいね」

「そうですね。第二回に向けて、ロゴデザインの制作も検討中で……」

「部活やサークルに声をかけてステージ企画を充実させることもできるな！　夏に開催するなら、盆踊りなんかをやれば夏祭りっぽくてよりいいイベントになるだろう。学祭に負けない活気を生み出してほしいね。予算は用意させるから」

学の話を遮《さえぎ》って（というか、理事長は学の話を基本的に聞いていない）、理事長は楽しげに語った。理事長なだけあって、本当に予算はつけられる。何より、思いつきで出されるアイデアは、実現は面倒だが実現するといい感じに〈映《ば》える〉のだ。今日だって、新聞社やローカルテレビの取材が入っている。

金はちゃんと出すから、それに見合うだけの働きをしろ。理事長の思いつきに振り回されてきた学は、その意味をよーく理解している。

今は労《ねぎら》い半分、少しの駄目出しと次回への展望が半分だが、今後反省会という名の会議が開かれたらもっといろいろと改善点が出てくるはずだ。

理事長は大声で叱責《しっせき》するようなことはしない。そんなことをして週刊誌にでもたれ込まれたら大学のイメージが地に堕《お》ちるから。笑みを浮かべながら的確に改善すべき点を指摘し、実現には骨の折れる理想を語る。

「では、あとは頼んだよ」

理事長はそう言い残し、秘書を伴って事務棟に帰っていった。坂井が誰よりも大きな声で「ありがとうございました！」と一礼してくれて、正直助かった。学の声は擦《かす》れてほとんど言葉になってなかったから。

理事長の姿が見えなくなってやっと、学は胸を撫で下ろした。イベント終了まで気は抜けないが、とりあえず理事長は今回の試みを及第点《きゅうだいてん》としてくれた。

「次は、今回以上の盛り上がりがマストになるわけか」

気が緩んだのか、無意識にそんなことを呟いていた。隣で坂井が「ですね！」と笑った。このやる気というか野心というか、最近の若者らしくない仕事へのモチベーションの高さが、ちょっと羨ましい。

「僕達は、理事長の理想を叶えるために集められた人員だからな」

学の呟きを、坂井はもう聞いてなかった。来場者にトイレの場所を聞かれ、意気《いき》揚々《ようよう》と案内していた。

よかった、誰も聞いてなくて。あまりに投げやりで、心がこもってなくて、自分でも寒気がしてしまったから。

側《そば》にいた別の職員に声をかけ、休憩に入ることにした。休めるときに昼食をとっておかないと、夕方まで飲まず食わずで走り回ることになる。

人の少ないテント裏を通って事務棟へ戻ろうとしたら、少し離れたところに見知った顔を見つけた。

「未谷さん……」

シェパード・キャリアの未谷だった。青空市に出店しているパン屋の袋を抱え、こちらに手を振ってきた。大学職員の顔と求職者の顔、どちらになるべきか迷いつつ、学は「ようこそいらっしゃいました！」と彼女に駆け寄った。

「時間が空《あ》いたので、お昼ごはんのパンを買いに来てみました」

恐縮した様子でパン屋の袋を抱え直した未谷に、学は「今日はすみませんでした」と頭を下げた。眼鏡の位置がずれるほど、深々と。

「仕事とはいえ、面談をドタキャンしてしまって申し訳ございません」

青空市当日は学は出勤しない予定だった。学の仕事は準備までで、当日の運営は別の職員の役目だったのだが、人手が足りないからと稼働することになった。

結果、学は今日の午後に予約していた未谷との二度目の面談をキャンセルした。

「いえいえ、こうして玉谷さんのお仕事を見に来られたので、逆によかったです」

青空市を眺め、未谷は「盛り上がってますね」と再び学に笑いかける。

「玉谷さんがおっしゃっていた地域連携、こうして実際に来てみるとどういうお仕事なのかよくわかりました」

「いえいえ、まだ始まったばかりの事業なので、今後どうなることか」

言いながら、自分はここで働き続けていいのかとつくづく思った。先ほど自分で口にした「僕達は、理事長の理想を叶えるために集められた人員だからな」という言葉が、今になって胸に突き刺さっているのだ。学の胸の中心に、深々と。

「玉谷さん、実は私、一年ちょっと前に東京から転勤してきたんです」

唐突《とうとつ》に話し始めた未谷に、思わず「転勤してきた……」とオウム返ししてしまう。

「それは、もちろん会社の命令でってことですよね」

「まあ、半分はそうですけど、半分は自分の意志ですね。大阪で一年働いて、この前上司から転勤を終えて東京に戻っていいと言われたんです」

ああ、ということは、転勤するから担当を他のCAに引き継ぐということか。学がそう切り出そうとしたら、未谷は不思議なほど凜《りん》とした目で続けた。

「私は命じられるまま東京に戻るものだと思ってたんですけど、上司が私の意志を尊重すると言ってくれたんです。会社の判断で住む場所・働く場所を変えさせられるのは私だから、私の希望をできる限り聞きたいと」

「いい上司ですね」

咄嗟《とっさ》に言葉にしていた。未谷はゆっくり、しみじみと頷いた。

「上司や会社が転勤する私の意志を尊重してくれるとわかるからこそ、大阪に転勤して自分は何を得られたのかなとか、会社は私に何を期待しているのかなとか、そういうことを改めて考えられたんです」

「異動も同じ、ということですか」

学の問いかけに、未谷ははっきり「はい」と言い切った。

「上層部の意志で社員は異動や転勤をするものだけれど、その社員をどう育成し、どう活かそうとしているのか、それがちゃんと当人に伝わることが大事だと思うんです。上層部や組織の都合を優先して誰かをキャリア迷子にするなんて、いい職場とは言えないです」

「……キャリア、迷子」

あまりにもしっくり来てしまって、喉の奥で同じ言葉を何度も反芻《はんすう》してしまった。

自分に何の専門性があるかわからない。胸を張って「こういう仕事をやってきた」と言えない。迷子だ。俺は求められるがまま走り回って、自分のキャリアを迷子にしてしまっている。

坂井みたいに、この状態を「偉い人に評価されるチャンス」と捉えられる人間は、それでもいいのかもしれない。別に彼の頭が悪いとか、先を見通す力がないというわけじゃない。ただ、学と彼とでは受け取り方が違うだけで。

「対応力と臨機応変さは、確かに玉谷さんの能力です。それは転職の際も必ず評価されるはずの長所です。でも、そんな玉谷さんの能力を当てにして五年で四回もの部署異動をさせるのは、どう考えたって多すぎます。それは組織が個人に甘えてるだけです」

「甘え、ですか」

その人の能力に組織が甘えている。俺は甘えられていたのか。適材適所なんて聞こえのいい言葉を盾に、甘えられていた。

甘えられて、キャリア迷子になった。

「あと、これは私がCAになる前に働いていた企業での経験なのですが、自分が組織や上司に必要とされているという感覚は、自分の将来を見つめようとする目を曇らせると思うんです」

未谷の目は真剣だった。あなたは前職でどういう目に遭《あ》ったんですか？　と軽々しく聞けないくらいに。

ただ、「必要とされている」という認識もしくは思い込みが、思考を鈍らせてしまう感覚は、わかる。わかってしまう。

「玉谷さんは年齢的にもまだまだ選択肢があります。深刻なキャリア迷子になる前に、しっかり玉谷さんの能力を活かして、キャリアを積み重ねていける職場を見つけることを私はオススメします。自分の勤める会社と交渉できなくても、転職活動の中でなら、他社と交渉ができます」

パンの袋を抱え直し、未谷は一礼した。「面談のリスケ、お待ちしてますね」とにこやかに言い残し、足取り軽く去っていく。

来場者に声をかけられた。「京都野菜を売ってるテントはどこかしら」とパンフレット片手に微笑む老夫婦を、負けないくらいにこやかに丁寧に案内した。

夕陽が沈みかけて青空市が無事終わった頃、パイプテントを撤収しながら、無意識に「転職しよっかな」と独り言をこぼしていた。側には誰もいないのに、声に出していた。

今日は久々にビールでも飲むか、と思った。

未谷千晴

玉谷から勤務初日の報告が届いたのは、新幹線が新横浜を出発した直後だった。上長《じょうちょう》とキャリア形成に関する面談をして、夜には歓迎会があったという。丁寧な文面に、ほろよいで機嫌よくメッセージを打ち込む彼の顔が浮かんだ。

青空市を訪れた直後の面談で、玉谷は「転職しようと決めました」と宣言した。いくつか求人を紹介したところ、玉谷が選んだのは同じ大阪市内にある私立大学の職員募集だった。

「なんだかんだで、学生のために働くというのは面白いものなんですよ」

照れくさそうに笑いながら面接に臨んだ玉谷だったが、多様な部署での実績があったこと、異動が多かったからこその対応力と臨機応変さがいい武器になった。

「自分の勤める会社と交渉できなくても、転職活動をすれば他社と交渉できるって、本当ですね」

面接帰りにそんな清々《すがすが》しい顔で報告に来てくれた玉谷の内定は、その日のうちに出た。内定先は打倒浪速大を掲げ広報に力を入れていて、面接後すぐに広報の部署で大学のＰＲに携わってほしいと連絡が来たほどだ。

翌朝、玉谷は転職先に提出する卒業証明書を自分の勤務先で自分の手でこっそり発行したという。「学生課にいましたから、楽勝です」と彼は笑っていた。

転職すべきかあんなに悩んでいたのに、すると決めたら玉谷は早かった。引き留められるがままずるずる働いてしまうかと思いきや、あっという間に引き継ぎ準備をして、サクッと退職してしまった。

あの青空市から一ヶ月もたっていなかった。去ると決めたら人はここまで——冷徹なほど淡泊になれるらしい。千晴の脳裏に啞然《あぜん》とする浪速大の職員達が浮かんだ。

「これまでの経験を活かしつつ、うちでは広報のスペシャリストになってほしい」と広報部の部長が言っているそうだから、以前のように五年で五つの部署を転々とするなんてことにはならないはずだ。

玉谷からのメールには、ここでまた頑張っていくという決意と、千晴への感謝が長文で綴《つづ》られていた。最後は「東京でも頑張ってください」というエールで締めくくられている。

東京に戻る前に玉谷さんの転職を無事見届けられてよかったです。そんな返事を無事送信したら、もうすぐ東京駅に着くというアナウンスが入った。

キャリーケースを引いて降り立った東京駅のホームは蒸し暑かった。七月を目前に大阪は真夏日が続いていたけれど、東京も負けていない。もう夜十時を回ったというのに、じっとり湿った風が吹いている。

混み合う中央線に揺られて新宿まで行き、乗り換えずにそのまま駅を出た。

西口のバスロータリーを抜け、都庁方面へ向かう広い通りを歩いていくと、会社帰りの人と何人もすれ違う。飲み会帰りらしいご機嫌な人もいれば、残業終わりにしか見えない疲労困憊《こんぱい》の人もいた。

見上げれば西新宿のビル街にはまだ煌々《こうこう》と明かりが灯《とも》っている。夜空全体が透き通って見えるようで、ああ、転勤が終わったんだと思った。およそ三年前、雨が降るこの道を迷える求職者としてとぼとぼ歩いてシェパード・キャリアに足を踏み入れたことが、不思議なほど鮮明に思い浮かんだ。

シェパード・キャリアの入るビルも、明るいフロアがいくつもあった。エレベーターで十二階に上がると、人気《ひとけ》がないのに電気が点《つ》いていた。

一年と数ヶ月ご無沙汰《ぶさた》だったシェパード・キャリア東京本社のガラス扉を開けると、面談ブースの方から馴染みのある杖の音が聞こえた。

「あ、やっぱり、来栖さんがいた」

千晴の顔を見て、来栖は珍しく目を丸くして瞬《まばた》きを繰り返した。小さく一歩だけ、不自由な方の足が後退する。

「なに、こんな時間に」

「最後の最後まで大阪で仕事を片づけてたら、ずるずると新幹線の時間が遅くなってしまいまして」

「それにしたって、わざわざ会社に顔を出さなくてもいいでしょ。東京勤務は週明けからなのに」

妙に忙《せわ》しなく瞬きをしながら、来栖は顔を顰《しか》めた。どうせ来栖さんは仕事してると思ったからですよ、とは言わないでおく。

「エレベーターで、誰かとすれ違わなかった？」

唐突に、来栖がそんなことを聞いてくる。

「いえ、誰とも。こんな時間まで求職者と面談だったんですか？」

首を横に振った千晴に、来栖は「会わなかったならいいよ」と答えをはぐらかした。ほっと胸を撫で下ろしたようにも見えた。

「何を警戒してるんですか」

「一年と少し前の嫌な記憶が蘇《よみがえ》ってるからだよ」

「ああああっ、もう、聞くんじゃなかった！」

頭を抱える千晴を無視し、来栖はオフィスへ戻っていく。キャリーケースを引き摺ってあとに続くと、予想通り社員は誰も残ってなかった。来栖が可愛がっている白猫のタピオカの姿もないから、今日は洋子《ようこ》と一緒に帰ったらしい。

「来栖さんが蒸し返したんですからね」

キャリーケースをどんと傍《かたわ》らに置いて、来栖を睨《にら》みつけてやった。当の本人は、涼しい顔で自分の席に腰かけた。

「未谷千晴、大阪転勤より戻ってきました」

「一年と三ヶ月、お疲れ様でした」

全く労《ねぎら》いの感じられない声色で、来栖は薄く薄く笑った。

「もう少し大阪を満喫するものだと思ってたよ」

「この前来栖さんが大阪出張したとき、転勤と異動の話をしたじゃないですか。組織が社員に何を期待するのか、社員が転勤や異動を自分にとってどうプラスに捉えるのか。それがちゃんとウインウインになるのが大事なんだなと思って」

浪速大と玉谷の関係は、そうではなかった。少なくとも玉谷は慌ただしい異動を自分のキャリアにとってプラスと捉えておらず、大学もそれを示せなかった。現状に不満を持つ玉谷と、交渉すらしてこなかった。

だから、玉谷は転職をした。どこの部署でも無理難題に対応できる有能な人材を、浪速大は逃した。

浪速大の職員は玉谷の転職にとても驚いたという。玉谷が有休消化に入る直前まで、「本当に辞めるの？」と聞きに来る他部署の部課長がいたのだとか。辞められて困るなら、玉谷が転職を決心する前に、彼と交渉していればよかったのに。

「大阪で、それなりにいろいろありました。難しい求職者もたくさんいました。上手くやれたことばかりじゃないですし、大阪支社の皆さんにも助けてもらいましたけど、来栖さんや東京の皆さんのいない場所でCAをやれたのは、確実にプラスだったと思います。大阪転勤のおかげで、CAとしての自分を支えてくれる地盤ができたというか、この仕事を続けていいんだという自信がついたというか」

「それで、君は東京に戻ってくることを選んだわけだ」

「私が東京に戻って働くことをシェパード・キャリアが期待するなら、それに応えたいと思って。私のキャリアにとって、またプラスになると期待できるので」

「なるほど」

　メールか何かを送り終えたのだろうか。来栖は満足げにノートPCを閉じた。素知らぬ顔で帰り支度を始めた彼に、大きく咳払《せきばら》いをしてやった。

「『東京で待ってる』って、まだちゃんと有効ですか？」

「君が大阪に行ってる間に、なかったことになるんじゃないかと期待してたんだけどね」

「期待してたんですかぁ？」

「一年も向こうで羽を伸ばしたら正気に戻るかなと思って」

この男、私が正気じゃないと思っていたのか……。呆れ返る千晴をよそに、来栖は椅子を回転させて千晴と向かい合う。杖の柄に両手をやって、笑いもせず意地の悪い顔もせず、ただ千晴を見る。

「私はずっと正気です。来栖さんがいなくても大丈夫だと言えるくらい来栖さんのいないところで一人で仕事して、『東京で待ってる』と言った来栖さんに好きだと言いに来たんです」

「あれ、『それだけじゃないです』って言うんだって宣言してなかったっけ？」

大真面目に間違いを指摘されて、はっ倒してやろうかと思った。

「ほぼ同じ意味じゃないですか！」

憤慨する千晴を、来栖は鼻で笑った。彼らしい意地の悪い笑い方だった。

でも、その笑みが日が落ちるみたいに消えて、背筋《せすじ》が寒くなる。

「俺さ、未谷さんと付き合うなら結婚するつもりで付き合うけど、それでいいの？」

顰《しか》めっ面《つら》をするのはこちらの番だった。来栖の言葉を咀嚼《そしゃく》して、嚙み砕けない部分を並べて、よーく眺めて、もう一度眉間《みけん》に皺《しわ》を寄せる。

「……その心は？」

「俺も今年で三十五だし、結婚する気もない相手とだらだら付き合うのは人として不誠実だと思うから。未谷さんがどういう認識と価値観でいるのか知らないけど」

「ちょっと待ってください」

なるほど確かにそうですね、と納得しかけて、慌てて両手を振る。

「ものすごく筋は通ってるんですけど……え？　来栖さんはそれでいいんですか？

来栖さん、私と結婚することになってもいいんですか？」

「嫌ならそもそもこんな提案しないでしょう」

何を当然のことを、という顔で来栖は音もなく立ち上がる。通勤用のリュックサックを背負ったと思ったら、呆然《ぼうぜん》と立ちすくむ千晴を見据えた。

「三ヶ月でどう？　期間を区切れば、お互い時間を無駄にしないで済むだろ」

まるで求職者との面談かのような口振りだった。そのうち結婚相手に求める条件のすり合わせでも始められる予感がした。

「三ヶ月なんて社会人が普通に働いてたら一瞬で過ぎ去るじゃないですか。せめて半年くださいよ、半年」

「半年後ならちょうど年末年始か。区切るなら確かにちょうどいいな」

じゃあ、半年後に。

涼しい顔でそう告げて、本日最後の面談が終わったという顔でオフィスを出ていく。千晴を笑うみたいに、彼の足音を杖の乾いた音が追いかけていく。

「ほら、さっさと帰るよ」

困惑したまま視線を泳がせる千晴に、あまりにいつも通りな素っ気ない声が飛んでくる。何故あなただけそんな余裕綽々《しゃくしゃく》なのかと腹立たしくなってきた。

「帰りませんよ」

荷物を抱えて、来栖を追いかけた。

「嫌だよ、帰るよ。明日は天気がいいから朝から洗濯と掃除をしたいんだ」

「洗濯も掃除もいつでもできるじゃないですかっ。飲んで帰るから付き合ってください。これが飲まずにやってられるかって話ですよ」

何が面白かったのか、来栖が小さく吹き出したのが背中越しにわかった。

第三話

職場がホワイト過ぎてぬるい？何をぬるいこと言ってるんですか

二十三歳／男性／ゲーム会社 プランナー職

未谷千晴

「千晴《ちはる》、ハイこれお弁当」

白米をキュウリの浅漬けと一緒に頰張《ほおば》っていた千晴の前に、母が大振りな巾着《きんちゃく》に入った弁当箱を置いた。

「……どうしたの？」

慌ててご飯を飲み込んで、恐る恐る聞く。母の手作り弁当なんて、高校以来だ。

「気が向いたから作ったのよ」

何故《なぜ》か拗《す》ねたような口振りで、母は千晴が空にした野菜サラダのボウルをシンクへ運んでいった。

「もしかして、お父さんの分のついで？」

「お父さんには別に作ってないけど」

振り返ることなく、母は洗い物を始めた。あ、これ以上は聞かないでおこう。弁当箱を通勤用の鞄に押し込んで、空になった食器を母のもとへ持っていく。

千晴と入れ替わるように朝食を終えて出勤していった父の姿を思い出しながら、千晴は少しだけ大袈裟《おおげさ》に「行ってきま〜す」と言って家を出た。

悶々《もんもん》としながら電車に乗って、新宿駅を出たところで観念した。横断歩道で信号待ちする洋子《ようこ》の後ろ姿に、気づいたから。

「お母さん達が喧嘩したっぽい」

洋子の横に並んで、挨拶《あいさつ》もなくそう告げる。タピオカの入ったペットキャリーを抱えた洋子は「え、姉さんがぁ？」と眉間《みけん》に皺《しわ》を寄せた。

「喧嘩？」

「なんか、機嫌悪かった。私にだけ突然でっかい弁当作って、お父さんには作ってないらしい」

「それは……喧嘩してるね」

父とダイニングで顔を合わせたくなかったから、弁当を作った。でも父に食べさせる気はないから、千晴にだけ持たせた。どう考えたってそういうことだ。

「いきなりどうしたんだろ」

喧嘩を全然しない両親ではないけれど、それにしても理由が思い浮かばない。大概《たいがい》、夫婦喧嘩になると母が真っ先に千晴に愚痴《ぐち》るはずなのに。

「千晴が一年以上も大阪に行ってたでしょう？　ってことはあの二人、ウン十年ぶりの二人暮らしだったわけよね？」

言われてみればそうだ。小中高はもちろん、大学時代も、就職後も千晴は実家暮らしだった。常にあの家は両親と娘の三人家族だった。

「え、原因、それ……？」

「ずっと父、母、娘の三人だったのに、突然二人になるわけでしょう？　バランス崩れると思うなあ。きっかけを作った私が言うのもアレだけど」

「じゃあ、私が帰ってきてからもバランスが崩れたままってこと？」

「かもしれない。千晴が戻ってきて姉さんも話し相手ができたから、仲直りする必要がなくなっちゃったのかも」

洋子と揃って険《けわ》しい顔をしたまま、シェパード・キャリアのあるビルに入った。出勤してきた他のフロアの社員達に交じってエレベーターに乗り、十二階で降りる頃には千晴は今日の面談のことを考えていた。洋子も同じような表情をしていた。

結局、この日の朝のことを、千晴はすぐに忘れてしまった。

日々の仕事を前に、残念ながら家族のことなんてすぐに霞《かす》んでしまうのだ。

◇　◇　◇

「ぬるいんですよ、うちの会社」

求職者の口から飛び出した一言に、千晴は「え？」と首を傾《かし》げた。狭い面談ブースを、千晴の発した「？」が跳ね回る。

目の前に腰掛けているのは、大学生の面影《おもかげ》がしっかり残る若い男性だった。ついこの間まで真っ黒なリクルートスーツを着て就職活動をしていたのが目に浮かぶ。

彼の名は、平賀海斗《ひらがかいと》といった。

「平賀さんが勤務されているのは、ゲーム開発会社のトライグリットですよね？」

しかも、まだ新卒一年目……履歴書《りれきしょ》に目を通しながら呟《つぶや》いた千晴に、平賀はぐっと身を乗り出した。

「最近は、一年目から転職活動をする人も多いですよね」

文句でもあるんですか？　と挑みかかるような目に、千晴は「ええ、もちろんです」と返した。

「ですが、トライグリットの規模ですと、今の時期は新人研修が終わって部署配属が済み、本格的に働き出した直後かと思いますが」

お盆休みが終わり、暑さが和《やわ》らいだような気がするようなしないような、そんな八月の終わり。配属された部署での仕事や人間関係にも慣れてきた頃だろうに。

「はい、入社時の希望通りゲーム企画部に配属されて、もうすぐ二ヶ月です」

平賀が務めるトライグリットは千晴ですら名前を知っている。スマホ・家庭用ゲーム機問わず有名タイトルを数多く抱える、老舗《しにせ》のゲーム開発会社だ。

去年創業五十周年を迎えたばかりで、従業員数はおよそ二千人。本社は日比谷《ひびや》にある。北米やヨーロッパでも事業を展開し、しかも非常に働きやすい企業としてメディアに取り上げられることもある。シェパード・キャリアにやって来るゲーム業界志望者の多くが憧れる会社だ。

しかも、希望通りゲーム企画部という花形部署に配属されたのに。

「転職をしようと考えた理由を伺《うかが》ってもよろしいですか？」

「さっき言った通り、ぬるいんですよ、うちの会社」

「その〈ぬるい〉というのは、どういうことですか」

すんと鼻を鳴らした平賀は、肩についたゴミでも払うような口振りで話し出す。

「トライグリットのゲーム企画部なんて、もっと社員同士がバチバチやり合っていいものを作ろうとしてる部署だって期待してたんですよ。でもいざ入ってみたら全然そんな空気じゃなくて、新人を鍛えようって気概《きがい》もないし、口を開けば『定時で帰れるように頑張ろう』ばっかりなんです」

「ということは、残業時間も最低限ということですよね……？」

「ええ、配属されてからの二ヶ月、ほぼ定時帰りです。残業なんて、トータルで二時間もやってないんじゃないかな」

いい会社だ……思わず声に出しそうになって、千晴は慌てて口を噤《つぐ》んだ。

「職場の雰囲気はどうですか？」

「上司も含め、みんなにこやかですよ。どうせパワハラを気にしてるんでしょうね。一緒にゲーム企画部に配属された同期がめちゃくちゃ意識が低いっていうか、企画書を作るのに競合他社の先行作品もチェックせずに『頑張って作りました！』って言っちゃうような、クリエイターごっこがしたいだけの浅い認識の奴なんですけど、そいつを叱りもしないんですよ？　クリエイターを育成するなら、そこは厳しく指摘すべきだと思うんです。要するにそれって、人材育成を放棄してるってことじゃないですか。こっちは早く戦力になりたいと思って入社したのに」

今度ははっきりと苛立《いらだ》たしげに鼻を鳴らした平賀に、千晴は相槌《あいづち》を打つ。

「なるほど、平賀さんは厳しく鍛えてもらえる職場を期待していたのに、今の部署はそうではなかったということですね」

彼の話を要約して返しただけなのだが、平賀は「そうなんですよ！」と満足げに頷《うなず》いた。誰かに話したかったのだろう。ホワイトな職場で抱えた鬱憤《うっぷん》の数々を。

「今の職場では、成長が期待できません。二十代の大事な時間を無駄にできないと考えて、転職しようと思ったんです」

「新しい職場に求める条件――年収や勤務地などのご希望はありますか？」

「正直、僕は二十代を自分の成長のために使いたいんです。ちゃんと実力をつけて実績を作れば、ゲーム業界は年収があとからついて来るものだと思うので。勤務地にもこだわりはないです」

「では、多少の年収ダウンは許容範囲、ということですね」

無言で頷いた平賀に、ひとまず胸を撫で下ろす。国内のゲーム業界でトライグリットより好待遇の企業なんて、見つけられる自信がない。

追加でいくつかの条件を確認して、平賀との最初の面談は終わった。というか、終わることにした。

「職場がホワイト過ぎて転職したいかぁ〜そっかぁ〜そうなるか〜」

平賀を見送ってオフィスに戻り、とりあえず自分のノートPCに向かって呟いた。すぐさま、隣のデスクでタピオカを撫で回していたCAの広沢英里香《ひろさわえりか》が、それはもう怪訝《けげん》な顔でこちらを見る。

「ホワイト過ぎて転職したいだぁ？」

彼女が今担当している求職者が、令和と思えないコンプライアンス無視のブラック企業勤めなせいか、「なんじゃそりゃあ！」と天井を仰ぐ。最近は「わたしゃもうすぐ四十なのよ」が口癖《くちぐせ》なのに、童顔なせいで全くそう見えない。

「残業なし、上司も優しい、お給料もいい。しかもあのトライグリットに新卒入社してるんですよ？　まだ入社五ヶ月なのに」

「それで転職？　もったいないから考え直した方がいいよ。絶対に後悔するって。親とか友達にいろいろ言われて関係悪くなって最悪も最悪だって」

平賀の前では言葉にできなかったことを、広沢が全部言ってくれた。

「素《す》が〈気持ち悪い社畜《しゃちく》〉の未谷《ひつじたに》さんには到底《とうてい》理解できなさそうだ」

側のデスクから、来栖《くるす》の声が飛んでくる。広沢のデスクから、タピオカがするすると彼のもとに移動した。無表情のまま来栖が彼女の頭を撫でる。

「ああ……確かに」

同じチームのＣＡとしていつもなら来栖の口の悪さを咎《とが》めてくれる広沢までが、納得した顔でこちらを見ていた。そして、千晴自身も腑に落ちてしまう。

「せっかく、ホワイト企業に入れたのに」

それを手放す理由が、〈ぬるい〉だなんて。かつて働いていた広告代理店で、入社初日に「隣の同期より一分でも長く働け」と上司から叱咤激励《しったげきれい》されたのを思い出してしまった。

「何が地獄かは人それぞれだからな」

おもむろにそんなことを言った来栖が、杖を片手に席を立った。プリンターに歩み寄ったと思ったら、一枚の紙を千晴のもとへ持ってくる。

「トライグリット、うちに求人を出してるぞ」

来栖が差し出したのは、間違いなくトライグリットの求人だった。

「例のホワイト過ぎてぬるいという某T社、本当にホワイト企業なんですか？」

こんがりと焼けたパンをちぎりながら、天間聖司《てんませいじ》は微笑《ほほえ》みを崩すことなく聞いてきた。でも、目の奥が鋭いままなのを千晴は見逃さなかった。

にこやかかつ何かを探るような目でランチに誘われたときから、仕事絡みの話をされるに違いないと察してはいたのだけれど。

「求職者本人の話を聞く限り、とてもホワイトでしたよ」

トマトソースの絡んだパスタをフォークに巻きつけながら、千晴は天間に平賀の話をかいつまんで伝えた。魚のソテーとパンを咀嚼《そしゃく》しながら、天間は怖いほど真剣に千晴の話を聞いていた。

「もしかして天間さん、担当してる求職者にT社を勧めようとしてます？」

「あ、未谷さん、よくわかりましたね。条件にぴったり合う方がいるんですけど、本当にオススメしていいものか、実態を伺ってからの方がいいかと思って。未谷さんの担当する方と合わなかっただけなのか、見せかけのホワイト企業なのか」

ふふっと笑った天間は、安心した様子で肩から力を抜いた。通りかかった店員に、ランチにセットになっていた食後のコーヒーを二人分注文してくれた。

「T社、ゲーム会社だからいろいろ厳しくて、一日企業体験にもヒアリング調査にもNGが出てしまって困っていたんです」

この天間聖司というCAはいつもこうなのだ。求職者が希望する企業を、選考の前に訪ねて回る。現場で働く社員に話を聞き、時には一日働いて求人票だけでは見えない職場の実態を調べてくる。

求職者の希望を最大限汲《く》み取《と》り、心穏やかに、ポジティブに、安心して転職できるようにサポートする。

「いやあ、いいタイミングでT社の方がシェパード・キャリアに来てくださってよかったです。これで僕も安心して求職者の背中を押せます」

「天間さん、本当に相変わらずですね。さすがは転職の天使様です」

運ばれてきたコーヒーに砂糖とミルクを入れながら、堪《たま》らず千晴は苦笑した。

「僕は僕のやり方を押し通すことを条件に、シェパード・キャリアに来ましたから」

コーヒーカップに口を寄せ、天間は「しかし……」と困惑気味にこぼした。

「職場がホワイト過ぎて〈ぬるい〉ですかぁ……。難しいですね」

「ですよね。私も面談では求職者を変に否定しないように対応したんですけど、どんな求人を紹介すればいいか迷っています」

「ぬるいと思い込んでいた職場が働きやすく素晴らしい場所だったと転職後に気づ

き、次の会社も早々に退職。しかしT社のような優良企業にもう一度入れる確証はない——なんてことが起こるかもしれないですからね」

「『とりあえず三年働く』が死語になっているとはいえ、新卒一年目で二度の転職なんて職歴になったら、のちのちキャリアの足を引っ張るかもしれないです」

言いながら、ふと気づいた。

「T社がうちに求人を出してるということは、うちの営業はT社の人事部と打ち合わせをしてるってことですよね？」

千晴と同じことを、天間も考えていたらしい。コーヒーカップを空にして、「T社の担当は横山《よこやま》さんだったと思います」と微笑んだ。

千晴は早速、営業部の横山潤也《じゅんや》にメッセージを送った。

種井心乃美

昼休憩を終えて種井心乃美《たねいこのみ》が人事部のフロアに戻ると、同僚の本川《もとかわ》から『相談の相談』という短いメッセージがPCに届いていた。溜め息をなんとか飲み込んだ。

相談の相談とは、正式には「ハラスメント相談窓口に届いた相談について相談があります」で、人事部ではそれが略されに略され「相談の相談」になっていた。

相談窓口のメールアドレスは全社員に開示されていて、ハラスメントの報告が持ち込まれると、まず送り主にメールや電話でコンタクトを取ったのち、面談をする。当人の置かれた状況を担当者が把握《はあく》し、その後の対策を練《ね》るのだ。

立ち上げに関わったという理由で、心乃美はその担当者の一人になっていた。

相談窓口宛に届いていたメールを確認する。パワハラか、セクハラか、はたまたそれ以外の新種のハラスメントか。文面を確認し、先ほどメッセージをくれた同僚の本川に目で合図を送って、心乃美は会議室へ向かった。

「要するに、パワハラってことでいいんだよね？」

会議室の椅子に腰を下ろすより先に、本川に問いかける。「ああ、うん、たぶん……」と歯切れ悪く本川は頷いた。

ハラスメントを訴えてきたのは、七月から営業部に配属されたばかりの新入社員の女性だった。

「大勢の前で新人を『よくできました』って褒《ほ》めたのが、過度《かど》なプレッシャーを与えて本人を萎縮《いしゅく》させるパワハラ行為だったって言いたいわけだよね、要するに」

八月末に営業部が行った納涼会で、営業部長が「今年の新人は頼りになるぞ！」と大勢の前で一人の社員を褒め称えたことをパワハラと訴えるものだった。

「……駄目ぇ？　よくできた新人をみんなの前で褒めちゃ駄目ぇ？」

本川が崩れ落ちるように切り出して、心乃美も頭を抱えた。

「ねえ本川ぁ……私はさ、褒められたらモチベーションが上がるもんだと思うんだよ。そりゃあプレッシャーにもなるだろうけど、嬉しいの方が勝たない？　周りの期待に応えるために頑張ろうってならない？」

うんうんと頷く本川に、テーブルに突っ伏して心乃美はまた溜め息をついた。

本川は、今となっては貴重な同期だ。お互い三十八歳になる。世代的なものにしろ、年齢の積み重ねが影響しているにしろ、自分達の感覚が今の二十代にも当てはまるなんて思っていない。

でも、それにしたって。

「叱っちゃいけない、怒っちゃいけない、頑張れとプレッシャーをかけるのも駄目。それに加えて褒めるのも駄目。上司は何をすればいいんだって話」

「待って種井、もしかしてだけど、プレッシャーを感じる以外に、大勢の前で褒められるとあとで陰口を言われるとか、贔屓《ひいき》されてるって誤解されるとか、そういうのが嫌で褒められたくないとか？」

「なんだそれ、どんだけナイーブなの。どんだけ傷つきやすいの。どんだけ丁寧に扱えばいいの」

そんなもの、会社で働いてたら……いや、社会人として仕事をしていたら、ついて回るものじゃないの。そこまで会社が取り除いてあげないといけないの。

「しかもさ、相談窓口にメールしてきたのに、人事部での面談はしたくないってどういうこと？」

　スマホで改めて窓口に届いたメールを確認する。ハラスメントを訴えるメールの後半には、人事部との面談はハラスメントの記憶を思い出してストレスを感じること、面談をすることでハラスメントを訴えたのが自分だと上司に知られてしまう可能性があり、それが不安であることが綴《つづ》られていた。

「つまりこれってさ、私達人事部から上司を叱っておいてほしい、自分は関わりたくない、ってことだよね？」

　本川が力なく頷く。「私達が『何があったか詳しく教えて？』って聞くのもハラスメントになるんでしょ？」とぼやく彼女に、心乃美はもう一度溜め息をついた。

「ごめん、本川、私このあと打ち合わせあるんだった」

　腕時計で時間を確認し、席を立つ。ひとまず、パワハラをしたとされる営業部長には、心乃美が話をしに行くことにした。メールだけで伝えたら大変なことになる。パワハラを訴えた人間だけでなく、訴えられた方のケアもしないといけない。

　――え、じゃあ一体、どうやって若手を育てろっていうの。

　そんな質問をされる予感がした。これまで何度もこういうことがあって、何度も同じ問いを投げかけられた。

人事部のフロアに戻ったタイミングで、ビル一階の受付から心乃美宛に電話があった。「一時からお約束のシェパード・キャリアさんがいらっしゃいました」と受付担当者が無機質な声で教えてくれた。

シェパード・キャリアは、トライグリットが中途採用で世話になっている転職エージェントだ。一週間ほど前に求人票を出したばかりなのだが、横山という営業担当から「求職者のご紹介に先立って、御社の人材育成制度について話を聞かせていただきたい」と連絡をもらっていたのだ。

ハラスメント相談だって何も解決していないのに、こちらはこちらで、面倒なことになりそうな予感がした。


先ほど本川と愚痴を言い合ったばかりの会議室のドアを開けると、シェパード・キャリアの横山が「大勢で押しかけて申し訳ございません」と恐縮していた。彼の言う通り、CAが三人も揃っていて、勘弁してくれ……と思ってしまった。

「トライグリット人事部の、種井と申します」

名刺交換をしたら、眼鏡《めがね》をかけた女性CAは未谷と、笑顔が印象的な男性CAは天間と名乗った。二人が担当する求職者がトライグリットを志望しているから、話を聞かせてほしいのだという。

　ただ、テーブルを挟んで腰掛けた瞬間に口火を切ったのは、横山でも未谷でも天間でもなかった。木製の杖をつく姿が印象的な、来栖といういやに無表情な男だった。

「この数年で、御社は立て続けに中途採用の募集をされていますね」

　心乃美の胸の内を探るような鋭い視線に、少しだけ肩が強張《こわば》る。

「ええ、シェパード・キャリアさんには大変お世話になっています」

　新卒でトライグリットに入社して十六年。人事部に配属されて八年。三十八歳なりにしっかりキャリアは積んできたと思うし、毎年何千人という就活生を選考している。なのに、初対面でこの男をちょっと怖いなと思った。

「御社の中途採用の求人票を数年分確認しました。提示されている条件から、若い人材を欲していることがわかります」

「そうですね、二十代から三十代前半の人材がほしいと考えて中途募集を行っていて、シェパード・キャリアさんからも優秀な方々をご紹介いただいてます。早期離職もなく、配属部署からも高評価な方ばかりです」

　こちらの感謝の言葉を、来栖はさらりと受け流す。お世辞《せじ》と建前はいらないというはっきりとした意思表示だった。

「毎年十数名の新卒社員を採用しているのに中途でまで若手がほしいというのは、せっかく採用した新卒社員が早期離職してしまっている、ということですか」

答えはもうわかっているような口振りだった。横山が怪訝そうに来栖に視線をやっている。きっと社内でもこういう無愛想な態度なのだろう。同じCAである未谷と天間が、何事もないですよ？　という顔で心乃美を見ているし。

「おっしゃる通りです。特にこの五年の二十代の社員の離職率が高いんです」

「原因は何だとお考えですか」

横山が小声で来栖に何か言ったようだが、ほとんど言葉になっていなかった。心乃美のところに打ち合わせに来る横山は丁寧かつ気さくな営業マンなのに、今日はずっと渋い顔をしている。

「正直、私も困惑してるんですよ」

明《あ》け透《す》けな来栖に、こっちも肩の力を抜いていいか、と思った。大きく肩を落とし、深々と溜め息をつく。

「私が入社した十六年前、トライグリットの労働環境は決してよくなかったです。給料こそ高かったけれど、従業員……特に企画、開発、運営に携わる社員の長時間労働、残業、休日出勤は当たり前だったし、今では明らかにパワハラと訴えられるような人材の育て方をしていました」

「それは、種井さんの実体験ですか」

「私は新卒で営業部に配属されたので、それはもう。男性社員が多かったので、ママをしたり弱音を吐くと、私個人だけでなく女性社員全体の評価を下げると思って、男性の上司に食らいついて働きましたよ」

今なら笑って話せる。でも、当時はやはりしんどかった。一緒に営業部に配属された同期は三人いたのに、三十になる頃には心乃美しか残っていなかった。

それは、決して営業部だけの話ではない。

十五人いたはずの同期は、一人が「俺はこの業界に向いてなかった」と言って辞め、一人は「ゲームが好きって気持ちだけで働き続けられる会社じゃない」と言って転職し……今社内に残っている心乃美の同期は五人しかいない。

「若手はどうせ辞める。辞めずに食らいついてこれるタフな人材こそが使える人間だというのが、弊社の価値観でした。採用した新卒のほとんどは石ころで、その中にいるダイヤの原石を磨《みが》くための存在くらいに考えていたんです。人材の育成方法も特にマニュアル化されておらず、すべて社員個人に任されていた」

でも、それは若者が大勢いた時代の話だ。「お前の代わりなんていくらでもいる」が本当だった時代の。

もう人がいないのだ。誰かの代わりなんて簡単に見つからないし、有能な人材がほしければ血眼《ちまなこ》になって探さねばならない。そうしないと、十年後、二十年後のトライグリットが立ち行かない。

「私が人事部に異動になった八年前から、社をあげて働き方改革をスタートさせました。長時間労働・時間外労働の是正《ぜせい》、ハラスメントの排除、コンプライアンスの徹底に、人材育成制度の確立。人事部の私が言うのもなんですが、労働環境という意味では随分《ずいぶん》とマシになったと思います」

体を壊して休職する若手、メンタルの不調で休職し、そのまま退職する若手が当たり前にいたのが、徐々にその数が減った。離職率も下がって、三十代・四十代の社員達も働き方改革を歓迎した。若手が疲弊《ひへい》する職場は、他の社員にとっても当然ながら大変な労働環境だったのだ。

産休・育休から戻ってくる女性社員も増えた。男性社員の育休取得率も上がった。ハラスメント相談窓口にも、最近は深刻な相談は持ち込まれなくなっている。

……いや、どう処理すればいいか検討もつかないという意味では、深刻な相談はいくらでもあるのだが。

「ところが、この数年で新卒社員の早期離職が増えていて、人事部の私としても頭を抱えているんです」

心乃美の話に、来栖は「なるほど、よくわかりました」と静かに頷いた。未谷と天間からは社内事情について二、三質問があったが、来栖はじっと目を伏せて何かを思案していた。

「本日はお時間をいただいて申し訳ございませんでした」

終わりがけ、営業担当の横山が深々と頭を下げた。心乃美は咄嗟《とっさ》に「いえいえ！」と手を振った。

「こっちも手詰まりだったんですよ。社外の人のご意見を伺いたかったので、シェパードさんから見て改善案があれば、ぜひお聞きしたいです」

「改善案ですか、恐れ多いですね」

苦笑いした横山をよそに、視線が会議室のドアの方に向いてしまう。先に退出した来栖は、最後までずっと何かを考え込んでいる目をしていた。

「あの来栖さんというＣＡさんは、もう何か気づいてるんじゃないですかね」

横山もそうだったのだろうか。心乃美と同じ方向を彼は苦々しげに見ていて、我慢できず噴き出してしまった。

「横山さん、来栖さんが苦手なんですか？」

「あの人、〈魔王〉って呼ばれてるんですよ？　それで察してくださいよ」

「あはは、なるほど、察しました」

嫌な予感がした打ち合わせだったが、軽い息抜きにはなった気がした。愚痴を誰かに吐き出すというのは、やはり大事だ。

シェパード・キャリア一行をエレベーターの前で見送り、このあとに待ち構えている仕事を思い出して、堪《たま》らず眉間を押さえた。

営業部のフロアにある小さめの会議室で待っていると、営業部長の島田《しまだ》は顰《しか》めっ面《つら》で……「厄介事《やっかいごと》を持ってきやがって」という顔で現れた。

無理もない。「人事部の窓口にハラスメント相談が届いています」なんてメールが届いたら、誰だってこんな顔になる。

「俺がパワハラしたっていうの？」

心乃美が営業部にいた頃に課長をしていた島田との関係は、決して悪くない。十年近く彼の部下をしていたので、彼の人となりはよく理解しているつもりだ。

「そうですね、単刀直入《たんとうちよくにゆう》に言ってしまうと、そうなります」

島田は「えぇー？」と声を高くした。さすがにハラスメントを訴えるメール本文を見せるわけにはいかないので、口頭で訴えの内容を伝えた。

島田の眉間に薄く寄っていた皺が、心乃美が話せば話すほど深くなっていく。

「それで、種井はメールの送り主と面談して、今度は加害者である俺の話を聞きに来たわけ？」

「いえ、被害者は人事部との面談を拒否しているので」

「え、なんで」

「ハラスメントについて説明するのが精神的苦痛だとのことなので」

島田の眉間の皺が、これ以上ないくらい深くなる。顔がこのまま縦半分に割れてしまうんじゃないかと思った。

「加害者の言い分を一切聞かないよりはマシだけどさ、被害者からのメール一本で俺を糾弾《きゅうだん》しに来るのもどうなの？」

心底呆《あき》れたという顔で島田が天井を仰ぐ。「それは申し訳ないと思っています」と心乃美は彼に頭を下げた。仕事でミスをして、この部屋で島田に怒られて、こんなふうに謝ったことが何度あったか。

密室で異性の部下を説教するのは、それだけで今ならパワハラと訴えられるだろうが、もしあの頃に現在のようなコンプライアンス意識があったとして、私はこの人を訴えただろうか。そんなことを心乃美は考えた。

「ですが、島田さんには決して悪気がなかったと重々承知しています。悪気があろうとなかろうとハラスメントは厳禁ですが、今回の件は島田さんの言動がどうこうというより、向こうの受け取り方の問題だと私もわかっています」

「でも、ハラスメントになるんでしょ？」

うんざりと肩を竦《すく》める島田に、心乃美は顎《あご》を突き出すように頷いた。「私だって変だなって思ってますよ」という精一杯のアピールのつもりだった。

「種井に言っても仕方ないんだけどさ、正直、年々新人の扱い方に困ってるんだよ。俺みたいなおじさんだけじゃないよ？　新人の教育係になる三十代前半の子達ですら困ってるよ」

「ええ、そう思います」

「種井はよく知ってるだろうけど、俺も種井達が若い頃さ、パワハラしたと思うし、多分、セクハラもしてると思うんだよね。彼氏いないのかー？　とかさ、気さくなコミュニケーションのつもりで」

一つ、二つ……いや、五つ、六つくらいは覚えがある。覚えてないだけできっともっとある。

ただ、島田の長所は、こうやって自分を顧《かえり》みるところだ。自分の感覚が時代にそぐわないなら変えなければ、せめて注意せねばと、考えられるところ。これができる人ばかりではないから、人事部主導でハラスメント対策をする必要がある。

「だから、俺みたいなのは特に気をつけなきゃなと思うし、思ってもみないことでこうやって種井に『それハラスメントですから！』って怒られるのも仕方がないなって思うんだよ。でも、俺よりずっと年下のさ、こう……価値観がちゃんとアップデートされてるであろうアラサーの子達までがお手上げ状態なのは、変だと思わないか？　ていうか、褒めるのも期待するのもNGって言われたら、どうやって部下を育てればいいの？」

「こればかりは、柔軟に、相手と向き合いながら対応してくださいとしか言えないです。Aさんにとっては嬉しい叱咤激励が、Bさんにとっては重すぎてハラスメントになる、ということです」

そんな無機質な返答しか――具体的な解決策を提示しているように見えて、実行するのが猛烈に難しい〈お願い〉しかできないのが、申し訳ない。

自分の仕事があるのに、そんな保育園の先生みたいなことまでしないといけないの？　という顔を島田はした。それでも「よろしくお願いします」と頭を下げる。

――育てようとしないでください。早く一人前にとか、成長してほしいとか、そんな期待しちゃ駄目です。神棚に供《そな》えとくくらいの気持ちでいてください。

さすがに言えないわと、そんな本音を飲み込んで。

「なあ種井、お前……いや、君が人事部で働き方改革を頑張ってるのはわかるし、俺達もその恩恵を随分受けてるけど、人材育成に関しては、本当にこれでいいのかなって俺は正直思ってるよ」

会議室を出ながら、島田はそう非難めいたぼやきをこぼした。これも、ハラスメントにならないように言葉を選んだのだろう。

営業部のフロアを出たところで、新入社員とすれ違った。ハラスメント相談窓口にメールを送ってきた子だった。窓口の担当者が心乃美だと思っていないのか、はたまた採用面接で顔を合わせた人事のことなど忘れてしまったのか、「お疲れ様です」とにこやかに挨拶して自分のデスクに向かっていった。

面接時の印象と同じ、愛想がよくて、シャキッとした表情と話し方をする子だ。だからというわけじゃないけれど……彼女に「褒められたのが不快でした」と言われるのは、島田に限らずかなりショックだろう。

「私だってショックだわ、あんな健《すこ》やかな子にハラスメントだって言われたら」

エレベーターを待ちながら、思わず呟いてしまった。エレベーターの扉が開く。遅い昼食にでも行くのか、若い男性社員が一人乗っていた。スーツではなくラフなデザインの麻《あさ》のジャケットを羽織っているあたり、開発部か企画部の社員だ。

顔を見て、すぐに新卒入社の子だと気づいた。

「あ、平賀君、お疲れ様」

平賀もこちらが面接や研修で顔を合わせた人事担当だと気づいたらしく、すぐさま「お疲れ様です」と一礼してきた。「三階ですか?」と人事部のある階のボタンまで押してくれた。

「ゲーム企画部の仕事はどう？　慣れた？」

先ほどの営業の新人の顔がちらついて、ついそう聞いてしまう。

「そうですね、皆さん親切にいろいろ教えてくださいます」

「それはよかった。先輩達に遠慮しないで、どんどん意見を出してね」

平賀は採用面接のときからゲーム企画部を志望していた。エントリーシートには「トライグリットの次の代表作のプロデューサーになりたいです」と書いてあった。熱意だけでなく、入社後にやりたい企画の構想までしっかりあって、この子は企画職でもしっかりやっていけると思って、心乃美が社長選考に推薦した。

「あ、でも、残業時間には気をつけて。企画の人達って、夢中になるとすぐに残業しちゃうから。残業させられそうになったら『人事に怒られます』って逃げて」

笑い混じりに言うと、平賀も「人事部、強いっすね」と笑った。

「残業は全然ないですよ。皆さん、新人に優しいですし、僕らの意見も分け隔てなく聞いてくださいますし」

「そう？　それはよかった。やっぱり、新人がのびのび働ける方がいいもの。特に企画の部署はね」

エレベーターが三階に着いた。「開」のボタンを押してくれた平賀に礼を言って降りると、平賀は再び「お疲れ様です」と一礼して一階に下りていった。

ああいう子も、本音ではどう思っているかわからないのが怖い。明日には相談窓口にハラスメントを訴えてくるかもしれない。

神棚に供えておけば、人は勝手に育つのか？　トライグリットの大勢の社員達に、そう投げかけられている気がした。

未谷千晴

「なんで魔王まで来るんだよ。未谷さんと天間さんだけって話だっただろ」

次の面談が社外だからと来栖が早々に離脱した直後、駅のホームで横山が叫んだ。トライグリットの種井に来栖が毒を吐かないかヒヤヒヤしていた千晴は、強張りに強張って攣《つ》りそうになっていた頰からやっと力を抜いた。

「すいません、来栖さんが行くって聞かなかったので」

「俺は嫌だよ、自分の担当先にあの人を連れていくの。そのうち俺に何の連絡もなしに種井さんと接触して求職者の面談取りつけたりするだろ絶対」

横山の憤慨《ふんがい》はごもっともで、来栖はその手の好き勝手の常習犯なのだ。営業からしたら堪ったものではない。

「来栖さんもいろんな求職者を抱えてるから、トライグリットの事例が気になったんじゃないですか」

　次の電車を知らせる電光掲示板を見上げていた天間が、まあまあと横山を宥《なだ》める。種井が新卒の早期離職が増えていると言っていたから、来栖のもとにも似たような求職者が大勢来ている可能性がある。あの人が抱えている求職者の数は、シェパード・キャリアで一番多いから。

「確かに、若い求職者、増えてますもんね。新卒一年目とか二年目の人が普通に来るようになったし」

「新卒で入った会社が合わなかったから早く次の場所を見つけなきゃ、と焦《あせ》っている方が多いですからね」

　千晴と天間の間に割って入るように、横山が「とは言ってもさあ」と口を挟む。

「ホワイトな会社を〈ぬるい〉ってあっさり辞めようとする神経が俺にはわかんないよ。十個も年が離れてないのに、そんないきなり新人類になるもん？」

　わかんねえなあ、と呟きながら、横山は「それじゃ」とホームに滑り込んできた電車に乗った。このまま得意先を回るという。

「結局、何歳だろうとどんな世代だろうと、みんな将来が不安なんですよね」

　新宿方面行きの電車を待ちながら、天間がおもむろに呟く。

「人生何が起こるかわからないし、景気は悪いし、漠然《ばくぜん》と将来が心配。だから、勤務先がブラックだろうとホワイトだろうと普通だろうと、不安になる。その不安をポジティブに受け取るかネガティブに受け取るかは、人それぞれでしょうけど」

新宿行きの電車が来る。ドアが開く間際《まぎわ》、天間がちらりとこちらを見た。

「未谷さん、最近の来栖さん、少し変だと思いませんか？」

ホームと車体の隙間に足を取られそうになりながら、千晴は「……変とは？」と努《つと》めて冷静に聞き返した。

「来栖さんって、もとからそのう……変か変じゃないかと言われたら変な方の部類だと思うんですけど」

「あはは、わかります。でも今回の来栖さんは、それを踏まえてもちょっと変なんですよ。未谷さんは気づいてるんじゃないかと思って」

走り出した電車のつり革を摑《つか》みながら、天間が見下ろしてくる。ドア上に表示された天気予報を見上げたまま、千晴は「何も気づきませんでしたけど」と答えた。

「そうですか。じゃあ、僕の思い込みかな」

話を切り上げてくれたことに、千晴はこっそり胸を撫で下ろした。

恐らく、天間は気づいている。どこまでとは言わないが、きっと気づいている。

「そういえば天間さん、私が大阪にいた頃にくださったメール、あれってどういう意図だったんですか」

来栖さんの話を聞いてあげてください、というメールの件を持ち出すと、天間は「ああ……」と目を丸くした。

「来栖さん、そこまで難しい求職者に当たってるわけでもなかったみたいですけど」

「それ、僕の勘違いでした。あのあと来栖さんに余計なことをするなと怒られましたよ。仕事が忙しいと、勘違いや思い込みが多くなってよくないですね」

ふふっと微笑んで、天間は今度こそ話を切り上げた。ドア上の天気予報を見上げ、「九月なのになかなか気温が下がりませんねぇ」と肩を落とした。

「天間さん、もしかして勘づいてませんかね。私達が付き合ってるって」

道中で見つけたケーキ屋の箱を慎重に開けながら、千晴はしつこく繰り返した。

「なるほど、確かに天間さんなら気づいてもおかしくない」

陶器製のコーヒードリッパーにケトルから湯を注ぎ、来栖はキッチンカウンターに頬杖《ほおづえ》をつく。

「社長に報告だけはしたけれど、社員で気づくとしたら、広沢と天間さんあたりは時間の問題だと思ってるよ」

彼の向かいでフルーツタルトを小皿に移し、「来栖さんはこっちでいいんですよね？」とイチジクのタルトを指さした。イチジクとシャインマスカット。残暑の気配すらない暑さが続く中、ケーキ屋のラインナップだけは一足先に秋になっていた。

「そんなにいらない」

シンク横の水切り台から包丁を引っ張り出し、来栖はイチジクのタルトを器用に縦に割った。「あげる」と仕事を押しつけるような口振りで切り分けたタルトを千晴の皿にのせる。毎度のことだから、ありがたくいただくことにした。

来栖の家は、新宿から地下鉄で二駅のところにあった。駅から徒歩三分の低層マンションの三階。エレベーターが使えなくなっても自分の足で上り下りできるよう、三階より高い部屋には住まないのだという。

「ついに自分の家かのように振る舞うようになったね」

引き出しからカップとフォークを出した千晴をじっと見ながら、来栖が呟く。

「これだけ来てたらどこに何があるかくらいわかりますよ。来栖さん、出不精《でぶしょう》で平日も休日もどこにも行きたがらないから」

「そんなにご不満なら、半年待たずによそのエージェントにどうぞ」

「転職エージェントをたとえに出さないでくださいよ。来栖さんの出不精はよーく知ってるから、今更不満も何もないです」

付き合った直後だったか、試しに「花火でも見に行きます？」と聞いてみたら速攻で「絶対に嫌」と返ってきた。「提案するのが面倒なので私が来栖さんの家に行きます」ということになった。

「それにしたって、よくもまあ飽きずにうちに来るなと思うよ」

二人分のコーヒーを淹《い》れた来栖は、左足を引き摺りながらリビングのソファに向かう。彼は家の中では杖をつかない。その姿を初めて見たときは不思議なほど新鮮だったのだが、すっかり見慣れてしまった。

「来栖さんを行きたくもないところに引っ張り回すよりずっといいですよ」

「ご不満なら半年待たずによそのエージェントにどうぞ」

「なんでそうやってわざと嫌われるようなことを言うんですか」

タルトの皿をテーブルに運んで、来栖の隣にあえて勢いよく座り込んだ。なんでこの人はこんなにひねくれているのだろうと溜め息をついてやりたかった。

１ＬＤＫの部屋は、会社にある来栖のデスクをそのまま大きくしたように物が少なかった。辛うじてリビングの本棚に実用書や新書があるくらいで、それ以外は必要最低限の家具しかない。部屋全体から「家に他人を入れる予定がない」というオーラが漂《ただよ》っている。

濃紺のソファの上で、羊のぬいぐるみがひっくり返っている。千晴の帰京を祝う会で洋子がくれたものをふざけて置いていったら、魔王に愛《め》でられるどころかクッションとして扱われていた。

来栖の肘《ひじ》で押し潰されそうになった羊を救出し、テレビを動画配信サイトに繫いで前回来たときに見た南極のペンギンのドキュメンタリーを途中から再生する。

ソファに腰掛けた来栖は、千晴のチョイスになんの文句も言わずイチジクのタルトにフォークを刺していた。

「平賀海斗とトライグリットの件だけれど」

「よく帰宅後にケーキ食べながら仕事の話できますね」

「なに、じゃあペンギン可愛いねとか言えばいいの？」

猛吹雪に耐えるペンギンの群れを指さす来栖に、「いえ結構です」と首を振る。どう見たって「可愛い」より「ご苦労様です」の絵面《えづら》だ。

「人事部の話を聞くに、あの会社はコンプライアンス意識のしっかりしたいい会社だと思うよ」

「だとしたら、ますます平賀さんは一度考え直した方がいいと思いませんか？」

「ただ、新人に優しい働きやすい会社が万人にとっていい職場かは、別問題だから。誰にとっても働きやすい会社なんて、そう簡単に作れるわけがない」

イチジクの実にフォークを突き刺し、来栖は黙り込んだ。会社にいるときと同じ顔だ。ジャケットを脱ごうとネクタイを解《ほど》こうと、転職の魔王様は魔王様だった。

「来栖さんはホワイトすぎる会社を嫌がりそうですよね。家に帰っても仕事してるんですから」

「仕事はしてない。仕事のことを考えてるだけだ」

冗談でも誇張《こちょう》でもないのがまた怖い。恐らく彼は、半年という期限がある中で、千晴の前で自分を取り繕《つくろ》うことに何の意味も見出していないのだ。

「ブラック企業にいた気持ち悪い社畜の未谷さんには理解できないかもしれないけれど、君が当時抱えていたものと、平賀海斗が今抱えているものは、そう大きく変わらないと思うよ」

「天間さんも似たようなことを言ってました。結局はみんな不安なんだって」

「わからない、わからないって言ってないで、目の前の求職者が何を不安に思ってるのか考えてみたらって話だ。君もそうだし、あの種井さんって人事も」

一足先にケーキを平らげた来栖は、空になった皿をテーブルに置いた。ソファの肘掛けに体を預け、相変わらず吹雪に耐え続けるペンギンをじっと眺める。

「随分とヒントをくれるじゃないですか。一人前のCAなら自分で考えろって、前はよく言ってたのに」

マスカットを口に放り込みながら、思わず口にしてしまった。旬のマスカットは瑞々《みずみず》しく甘くて、一日ももう終わるというのに舌先から目が覚める。

「もう業務時間外だから、これは俺が趣味で喋《しゃべ》ってるだけだ」

言い終えた来栖は、小さく小さく欠伸《あくび》を噛み殺す。千晴はぬいぐるみの頭を撫でながら彼の横顔を窺《うかが》った。

「例えばですが、平賀さんが抱えている不安はなんだと来栖さんは思いますか？」

ぎろりとこちらを見た来栖に、「趣味、あくまで趣味としてお答えください」と付け加える。

「俺は二十代のほとんどを、いつか望んだ仕事をするための土台作りだと思って躍《やっ》起《き》になって働いてたよ。会社に入ってから三十を迎えるまでの八年間で何をやって、何を積み上げるかばかりを考えてた」

「地球の裏側だろうと喜んで出張してたわけですね」

「ジャカルタくらいなら大阪に行く感覚で飛んでいってた」

大阪転勤を断固拒否した来栖嵐と同一人物だなんて、本当に信じられない。人間はきっかけさえあればここまで変わってしまうらしい。

「二十代で必死に積み上げたものが無駄になったらどうなるかとか、てんで的外れのことをしているんじゃないかという不安は、あったんじゃないかな」

「なるほど」

「実際、ほとんど役には立ってないわけだから、その不安は当たっていたわけだ」

反応に困ってしまい、千晴は羊のぬいぐるみを膝にのせたまま黙ってテレビ画面を睨《にら》みつけた。ペンギン達はまだ吹雪の中にいた。

「私も三十歳が目前なので、漠然とした不安があるのはわかります。大阪で最後に担当した大学職員の玉谷《たまや》さんという方が、『早く何らかの専門性を身につけないと、どこにも行き場のない人材になってしまう』と言っていたのも、ものすごく共感しました。来栖さんが求職者を脅すのによく使う転職限界年齢の話も、年齢で差別をするというより、その年齢までに『私はこういう仕事ができる人です』と胸を張れないとまずいという意味での年齢設定なんだろうなと思いますし」

「脅してない。転職市場にはそういう価値観もあるという話をしてるだけだ」

大真面目につけ足した来栖を、面倒だから無視することにした。

「平賀さんも同じ不安を抱えてるんですかねぇ」

「同じ不安を抱えていても、見えている景色によってその深刻度は変わるものなんじゃないかな」

見えている景色……来栖の言葉を喉の奥で反芻《はんすう》し、恐る恐る「その心は？」と問いかける。ついに来栖が胡散臭《うさんくさ》そうにこちらに視線を寄こしたので、素知《そし》らぬ顔でタルトの最後の一口を頬張った。

すんと鼻を鳴らした来栖は、意外にもなんの文句も言わず話し出した。

「新卒で入った会社に骨を埋める前提で働いてきた五十代以上のベテランと、会社が自分の人生の面倒を見てくれるわけがないとわかっている新入社員と、その間にいる『なんか途中からどんどん価値観や前提が変わってきちゃった』という世代。見えている風景も不安の深刻度も違うから、不安を前にしたときの行動も変わる。あの人も、多分気づいてるだろうに」

来栖は〈あの人〉の名前を出さなかった。だが、ソファの肘掛けで頬杖をついた彼の目は、トライグリットの種井の顔を思い浮かべているのがよくわかった。

ドキュメンタリーは春を迎えた南極で終わった。試しに配信中の連ドラを再生してみた。来栖は文句も言わず大人しく見続けた。

◇　◇　◇

千晴の提案に、平賀はあからさまに不快感を示した。

「え、話し合いですか？」

今の会社で上司と一度話し合いを持った方がいい。千晴のアドバイスは、平賀の期待に応えるものではなかったらしい。

「はい、平賀さんの状況をいろいろと考えてみたんですが、転職の前にまずは今の職場で自分らしく働く方法を模索《もさく》した方がいいのではないかと」

「じゃあ、上司に『お時間よろしいですか？』って聞いて、『職場がぬるいんで、もっと骨のある仕事をやらせてください』って言えってことですか」

「そこまで喧嘩腰でなくてもいいと思うんですけど……」

面談ブースの中に視線を泳がせ、千晴は苦笑した。

「そんな話し合いをしたところで、生意気な新人だって思われて、そんなこと言うからには成果を出せよって変なプレッシャーをかけられるじゃないですか」

あ、それは嫌なんだ。咄嗟に声に出しそうになって、千晴は慌てて手元にあったコーヒーのカップに口をつけた。危なかった、来栖だったら「鍛えられたいと思うくせにプレッシャーはかけられたくないんですね」と鼻で笑ったに違いない。

「新人なんだから、なんでもかんでも期待以上のものを出せるわけじゃないし、失敗しないとも限らないし、それで人間関係が悪くなって仕事しづらくなったら、それこそ時間の無駄じゃないですか。なら、さっさと転職した方が効率がいいと思いませんか？」

考えるまでもないでしょ？　という顔を平賀はしていた。だが残念なことに、目の前にあるわずらわしいものを避けて通るために、取り返しのつかない方向へ舵《かじ》を切ろうとしているように見えてならなかった。

「平賀さん、与えられる以上のものを求めるなら、それ相応に上司と交渉する必要がありますし、成果も期待されると思います。それが摩擦《まさつ》となって仕事に悪影響を及ぼさないために必要なのが、コミュニケーションじゃないでしょうか」

「いや、それは理想論ってやつですよ」

「平賀さんが〈ぬるい〉と感じる仕事も、恐らく会社や上司の意図があってのことです。新入社員には少しずつ仕事を学んでほしいと思ってるのかもしれないし、成功体験を積み上げてほしいと思ってるのかもしれないです。単純に、新人に対するパワハラを恐れているのかもしれない。でも、平賀さんはもっと仕事をしたいと思ってるし、自分の企画に厳しい意見がほしいと思ってるんですよね？　そのすれ違いは、黙っていれば誰かが解決してくれるものではないです。〈ぬるい〉と職場や周囲を馬鹿にする前に、平賀さん自身が上司とコミュニケーションを取りながら解消していく必要があると思います」

平賀は不愉快そうに眉を寄せていた。なんでそれをこっちがやらなきゃいけないんだ、という顔だ。そういうところは会社に甘えちゃうんだ……とは言えない。

面談ブースのドアがノックされたのは、そんなときだった。もう……ノックだけで誰が来たかわかってしまった。

「失礼します」

なんの応答もしていないのに、杖を携えた来栖がわざとらしくにこやかにブースに入ってくる。

「どうも、未谷の上司の来栖と申します」

当然という顔で千晴の隣に腰掛けた来栖は、杖をテーブルの端に立てかけて平賀を見つめる。ギョッと目を瞠《みは》った千晴の方を見ることなく、「あれだけ考えたら出力したくなるでしょう」と彼は言い放った。そういうものなのか。

「一触即発《いっしょくそくはつ》という空気だったので、様子を見に来ました」

一触即発は言いすぎでは……と呟いた千晴を無視し、来栖は続ける。

「うちの未谷のやり方は、平賀さんのお言葉を借りるなら〈ぬるい〉でしょうから、あなたが怒りたくなる気持ちもわかります」

警戒心丸出しの目で、平賀は来栖を見つめていた。不審な大人を見る子供の目、とでも言えばいいだろうか。来栖も気づいているだろうに、口の端でほんのり微笑んだまま、彼は平賀を見据《みす》えた。

「ゲームクリエイターになりたいと思って頑張って就活をして、激しい競争を勝ち抜いて有名企業に入社した。バリバリ働いて先輩達とも企画会議でやり合いたい。早くクリエイターとして胸を張りたい。なのに六時になったらさっさと帰れ、上司は自分達に駄目出しもしない。手探りで作った企画書は絶対に穴があるはずなのに褒めるばかり。案の定、褒められるのに企画は通してもらえない。もしくは、上司によって原形を留《とど》めないほど手を加えられた状態で会議に回されている」

すっと息を吸った平賀が、口を開きかける。話のわかる人が来てくれた、とでも思ったのだろうか。

そんな彼の呼吸を乱すように、来栖は軽《かろ》やかに続けた。

「でも、あなたに対して上司が〈ぬるい〉指導しかしないのは、結局のところ、まずはここまでできてほしいという基準点にあなた自身が達してないから、と考えたことはありませんか？」

来栖の言葉をすぐには飲み込めなかったのか、平賀はゆっくりと瞬《まばた》きを繰り返す。一足先に、千晴はヒュッと喉を鳴らした。どうせこうなると思っていた。

「こちらが求める基準に能力も経験も達していないのに、自分の力量を客観視することもせず、自我と承認欲求ばかり肥大化させるのは、あまりいい傾向ではないと思いますよ」

「……え？」

そう絞り出した平賀の耳が、徐々に赤くなっていく。

「いや……え？　初対面の人間に何言ってるんです？」

「新入社員に優しく接する上司を〈ぬるい〉と憤慨するなら、オブラートなしのご意見の方が喜んでいただけると思ったんですが。未谷には到底無理だと思ったので、得意な僕が代わりにやったまでです」

口元だけで薄く薄く笑ったまま、来栖は「違いましたか？」と首を傾げる。

「いや、別に、嫌味を言われたいとか説教されたいってわけじゃなくて、こっちの成長のために指摘すべきところはちゃんと指摘してほしいってだけで」

「そんなものは結局、言葉を受け取るあなた次第でどうとでもなってしまうものでしょう。あなたの上司だってそんな曖昧《あいまい》な境界、易々《やすやす》と見極められないですよ。だから不用意なことを言えない。言ったらやれパワハラだ何だと面倒なことになるから、あなたをただ〈飼う〉しかなくなる」

〈飼う〉とはまた、来栖らしい意地の悪いワードチョイスだ。案の定、平賀があからさまにカッとなったのがわかった。

「あなたの上司と似たような立場の方も、僕は何十、何百とサポートしてきました。皆さん、部下の育成に頭を抱えていましたよ。上司にも上司のキャリアがあるんです。自分のキャリアを主張するなら、相手のキャリアについても考えないと。『あなたのキャリアが吹っ飛ぶリスクを冒《おか》してまで僕のキャリアのためにいろいろ察してください』なんて、できると思いますか？」

「じゃあ、どうしろって言うんですか」

否定するなら代案を出せよ、と言いたげに平賀は来栖を睨みつける。横目で窺った来栖は、無表情なのにちょっと楽しそうだった。放り投げた玉が思ったところに転がっていって嬉しい、みたいな顔だ。

「未谷が先ほどご提案した通りです。平賀さんが何を考えてるのか、どこまでが成長のための指摘で、どこからがパワハラになるのか。それはコミュニケーションの中でしか見極められません。そこに赤の他人である上司が勝手に線を引くから、パワハラが生まれるんです。あなた、これがやりたい、早くこうなりたいって理想ばかりで、目の前の人間とのコミュニケーションを蔑《ないがし》ろにしがちだとうちでの面談を通して僕は感じました。いつか部下を持つようになったとき、パワハラ上司にならないよう気をつけてくださいね」

さすがにそれは言いすぎではと来栖の足を小突《こづ》いてみたが、来栖は涼しい顔で平賀を見つめたままだ。もし平賀が彼に殴りかかったら止められるだろうか。そんなことを考えた。

「お前に何がわかるんだって顔をしていますね」

来栖の言葉のままの表情をしていた平賀が、ぎゅっと奥歯を噛んだのに千晴は気づいた。ふと、彼は上司の前でこんなふうに感情を晒《さら》したことはあるのだろうかと思った。意外と、職場ではものわかりのいい顔をしているのだろうか。

「わからないから、我々ＣＡは徹底的に求職者のことを考えるんです。平賀さんが自分のキャリアや将来にどんな不安や危機感を覚え、目の前の人間とのコミュニケーションを放棄して転職しようとするのか」

「へえ、それで、何がわかったんですか」

挑みかかるような口調で問いかけた平賀に、来栖は声もなく笑った。わかるに決まってるでしょう、と平賀を煽《あお》り立てる。

「平賀さんの不安と危機感の原点は、早く何者かになりたいという欲求だと僕は考えました。終身雇用が崩壊しきって、新卒入社した会社で定年まで働くビジョンを持った若者なんてほとんどいない。少子高齢化で社会保障は削られ、税金は上がる一方。将来どんな苦境に立たされようとすべて自己責任と切り捨てられる。そんな現実を見て大人になったあなたの世代は、多くがそんな危機感を持っている。だから早く何者かになりたい。お前は何ができると問われたときに胸を張って答えられる人間になりたい。特別な才能や能力を持った同世代が十代のうちからさっさと世に出ているのを、子供の頃からネットやらＳＮＳやらを通して散々見ているからこそ、わかる。二十代のうちから実績を作らないと間に合わないって」

大きく外れていますか？　小首を傾げた来栖が、平賀を見据える。

平賀は眉間に深い皺を作っていた。むかつく、むかつく、むかつく。そんな声が皺から聞こえてくる。

「でも、その不安はあなた達だけのものじゃない。あなたの先輩には先輩の不安が、上司には上司の不安がある。だって同じ社会を生きているんですから。みんながのほほんと仕事をしながらあなた達の不安を無視しているわけじゃない」

言葉を切った来栖は、腕時計で時間を確認した。暇つぶしが終わったかのような素振《そぶ》りで杖に手を伸ばす。

「ただの上司が出過ぎた真似をしましたね。とりあえずは、目の前のCAとしっかりコミュニケーションを取ることから始めてみてはいかがですか？」

今更のようにそんなことを言って、来栖は席を立った。

「職場がホワイト過ぎてぬるい？　何をぬるいこと言ってるんですか。ぬるいなんて舐めたことを言っていないで、何故《なぜ》そんな対応になるのか、精々《せいぜい》歩み寄ってから、転職でもなんでもするといいですよ」

にこやかな捨て台詞《ぜりふ》を吐いて、面談ブースを出ていく。

種井心乃美

「もし僕が新入社員なら、御社のことを〈ぬるい〉と感じるだろうなと思います」

　会議室で椅子に腰掛けた途端、来栖はそんな話を切り出した。お茶を運んできた後輩が困惑しながら彼の前に紙コップを置き、恐る恐る退出していく。

「ぬるい、というのは？」

「僕は二十代の頃も今も、仕事が趣味みたいなものなので。新卒の頃なんて、とにもかくにも働きたかった」

「失礼ですが、来栖さんは新卒で転職エージェントに？」

「いえ、もとは商社にいました。足を悪くしてからです、ＣＡを始めたのは」

「バリバリ働かれてたんですか？」

「ええ、それはもう。いつも鞄にパスポートを入れてました。先輩の代打だろうと何だろうと、チャンスがあれば鞄一つで地球の裏側まで行ってやろうと、野心だけで動いてましたね。定時で帰れなんて言われたら、きっと仕事へのモチベーションを落としていただろうと容易に想像がつきます」

　来栖は具体的な社名を挙げなかったが、その口振りからぼんやりどのクラスの商社なのかは想像できた。

「そんな来栖さんには、ちょっとブラックなくらいがちょうどよかった、ということですか？」

「まさか、自らブラック企業で働きたいなんて思うわけがないでしょう」

心乃美の言葉をはたき落とすように、来栖は笑った。ここはトライグリットの会議室で、要するに心乃美のホームのはずなのに、来栖を前にするとアウェーな空間にいる気分になる。

「誰だって、働きやすく労働条件も雰囲気もいい職場で働きたいですよ。当然のことです。でも、それは決して〈ぬるい職場〉とイコールではないですよね？」

ああ、こうやって本題に入るのか。心乃美は静かに背筋を伸ばした。

きっと、私は待っていたのだ。私がやってきたことを「そんなものは自己満足に過ぎない」と叩き切ってくれる人間を。

社内の人間が「種井は頑張って働き方改革をしてる」「時代が時代だから大変だねえ」と心乃美を労いながら、内心では渋い顔をしているのを知っている。渋い顔をしているのに、誰も「いい加減にしてくれ」と言わない。

言えない時代だから。

「種井さんがトライグリットをホワイトな職場にしようと尽力《じんりょく》されていたのはよくわかります。ただ、ホワイトの定義なんて人それぞれ違う」

「でも、誰かが決めなければ社員個人の裁量に任せることになりますよね。そうやって組織が個人に甘えることで、ハラスメントが発生するのでは？」

「おっしゃることはわかります。でも結局それは、組織が社員個人を信用していないということになりませんか」

「もちろん、信用したいですよ。でも実際問題として、ハラスメントは起こってしまうんです。自分にできることを部下に強《し》いてしまう、自分がされてきたことだから部下にもしてしまう。だからルールが必要なんです。個人の裁量とか気持ちがどうとかなんて曖昧な基準ではなく、これはOK、これはNGと、組織が線を引くんです。それが人事部の仕事です」

　そうやって、トライグリットは働き方改革を進めてきた。完璧だなんて思わないが、少なくとも心乃美が二十代の頃に比べたらずっと働きやすい職場になった。

　体を壊して、精神を病んで辞めていった先輩、同期、後輩。彼らをただ一言「根性がなかった」で切り捨てる職場を、意地でも変えてやりたかったのだ。

「でも、個人の裁量を排除した結果、若手社員の早期離職が増えてしまったんですよね。人材育成が機能しなくなり、『育ててもらえない』と判断した若手がどんどん離れていく。僕はCAとしてまさにそうやって早期離職した求職者を担当していますが、彼らの思うところは結局同じですよ」

　同じ？　という問いかけは、擦《かす》れて言葉にならなかった。

「若者は気づいているんですよ。自分達は、自分の人生を真剣に考え、行動できる人間でないと生き残っていけない世代だと。学校だろうと職場だろうと常に『自分はこの場所にいるべきなのか？』と考える。早く何らかの実績を残し、自分はコレができると胸を張れる人間になりたい。パワハラなんてくだらないことをする上司がいたらすぐに切り捨てるし、何もできないのに偉そうに踏《ふ》ん反《ぞ》り返る上司がいたらすぐに幻滅する。自分を育てようとしない上司を舐めるし、問題意識を持たない組織を早々に『自分の居場所ではない』と判断する。不安定で不明瞭な自分の将来を預けるべきは、この会社ではない。そうやって、人は転職を決意するんです」

「……ええ、わかっていますとも」

来栖の淡々とした正論が、気持ちがいいとさえ思えてきた。そうだ、わかってはいるのだ。世代が違っても、立場が違っても、不安の根底はみんな一緒だ。一緒だから、組織が変われば働きやすい職場になると思っていたのに。

組織が均一的に変わるだけでは手が届かない場所があるというなら、もう——。

「恐らく、種井さんはもう次の手を思いついているはずです」

心乃美の顔を、来栖は射貫《いぬ》かんばかりに見つめていた。心乃美の中にあるぼんやりとした確信を、「さっさと見なさいよ」とまっすぐ指さしている。

「組織としてルールを定めることは重要でしょう。でもそれ以上に、社員一人ひとりがどう働きたいかを共有しながら働くべきだと思いませんか。何が働きやすいかも、何がその人の不安を解消しキャリアビジョンを明確にするのかも、すべて人それぞれなんですから」

「……そんなのは」

口の端からこぼれた反論を、来栖は軽《かろ》やかに爪先《つまさき》で蹴飛ばしてしまう。

「ええ、綺麗事ですよ。組織は、日々の労働は、みんなで話し合いながら寛容さを保ちながら頑張っていきましょうなんて、そんな長閑《のどか》に進行していられない」

そうなのだ。本当に、そうなのだ。

残業時間を減らせも、残業するなら残業代をしっかり出せも、定時で帰れも、休日出勤するなも、産休・育休をちゃんと取らせろも……みんな、そう言われた。そんなことをやれと言われたら、仕事が回らないと。

「でも種井さん、あなたは周囲にそう言われながら、この会社で働き方改革を推し進めてきたんじゃないですか？」

なんだそれは。そんな言い方をされたら……「そうです」と言うしかないじゃないか。「やってやります」と言うしかないじゃないか。テーブルの下で自然と両手を握り込んでいた。

鼻から息を吸って、吐いて。来栖を見た。

「厳しく鍛えられるなんてごめんだという社員もいれば、そうされたいと思う社員もいる。当然のことなんですよね」

「飲み会なんて真っ平ごめんという社員もいれば、そういうコミュニケーションを通して上司との距離を縮めたいと思う社員だって、当然いるでしょう」

そうだ。当たり前だ。みんな違う人間なんだから。

「いろんな人間がいるんだから、ルールを一つ決めたら何もかも上手くいくなんて、そんなことが起こるわけがないと、我々だってわかっているんですよ」

来栖さんのおっしゃる通りね。声に出したら、不思議とふふっと笑い声がこぼれてしまった。

「でも、正直、一番骨の折れる決断なんですよね。みんなで話し合いながら頑張っていきましょう、なんて。ルールで縛ってしまう方がずっと楽なのに」

「ええ、そう思います。それでも、種井さんには勇気を持ってそれを実践してほしいと、僕は思います」

妙に熱の籠《こ》もった言い方だった。会うのは二度目なのに「この人らしくないな」と思ってしまうくらいに。

「ハラスメント関連で、何か個人的な思い入れがあるんですか?」

例えば、昔、上司から酷《ひど》いパワハラを受けていたとか。問いかけに対し、来栖は「仕事ですから」と答えるだけだった。出されたお茶を無言で口にして、自分の仕事は終わったとばかりに小さく吐息をつく。

「遅くなりましたぁ！」と横山が会議室に飛び込んできたのは、その直後だった。

「すいません、電車の遅延に巻き込まれまして……」

ジャケットを小脇に抱えて汗を拭《ぬぐ》った横山の息の切らし方が漫画のようで、心乃美は我慢できず噴き出した。

「すいません、大方《おおかた》話は終わってしまったかもしれないです」

素知らぬ様子でお茶を飲む来栖を一瞥《いちべつ》し、横山は大きく肩を落とした。

「……そんな予感はしてました」

杖を手にした来栖は静かに立ち上がり、「僕はこれで」と心乃美に一礼した。

「大変勉強になりました。今後の御社への人材の紹介に必ずや役立てますので」

「ええ、よろしくお願いします」

いや、シェパード・キャリアに頼らずとも、自分達でしっかり新卒社員を集めて、しっかり育てて、しっかり活躍してもらえるように、今日からまた始めなければ。他部署の人間に鬱陶《うっとう》しがられながら、やらなければ。

退出する来栖を横目に、やっと息が整ったらしい横山に笑いかけた。

「横山さんを飛び越えて来栖さんを頼りにする人事担当者がいるという話、少し納得してしまいました」

ちょっと意地悪な言い方になってしまった。後頭部を掻きながら、横山は「勘弁してくださいよ……」とうな垂《だ》れた。

来栖と横山を一階まで見送ったら、昼休憩から戻ってきたのだろうか、新人の平賀がエントランスホールに入ってきたところだった。

心乃美達を見て何故か頬を引き攣《つ》らせた平賀は、ギシギシと音が聞こえそうなぎこちない一礼をした。無言で会釈《えしゃく》を返した来栖が、横山と共に社屋を出ていく。

エレベーターに乗り込むと、平賀はハッと思い出したように「三階でいいですか？」と聞いてきた。

「ごめんね、ありがとう」

いえいえ、と階数ボタンを押した平賀の肩口は、やはりまだ強張っている。

「あの」

締め切られたドアをじっと見つめていた平賀が、そっと心乃美を見る。「なあに？」と首を傾げた心乃美に、彼は困り顔で視線を泳がせた。

「上司に駄目出ししてほしいときって、どうすればいいんでしょうか？」

歯切れ悪く、そんなことを聞いてきた。

未谷千晴

「おー、じゃあその青年は転職を思い留まったわけね」

誰よりも早くビールグラスを空にして、誰よりも早く二杯目を注文した広沢は「よかった、よかった」と大口を開けて笑った。

「ええ、よかったです。最初は『転職については考え直そうと思います』ってメールが届いただけだったんですけど、そのあと『お世話になったから直接お礼を言うべきだと思い直しました』って丁重《ていちょう》に電話までしてくれて」

「いいねぇ、ちゃんと目の前の人間とコミュニケーション取ろうとしてるじゃん。転職はしなかったけど、人として少しは成長したってことじゃない？」

いやあ、よかったよかった。繰り返す広沢の隣で、横山がテーブルにドンとグラスを置いた。

「よくないですよ！　懸命に築いた人事担当者との関係をあっさり横取りされてしまった俺の気持ちも考えてくださいっ」

広沢に続いてビールを飲み干した横山も、通りかかった店員に「同じの！」と二杯目を注文する。その様子を、千晴と天間は苦笑しながら眺めていた。

広沢が企画した来栖チームの遅い納涼会だったが、肝心の来栖が面談で来られない代わりに横山が来ることになって、結果としてよかったのかもしれない。魔王様に振り回される彼のガス抜きをたまにはしてあげないと。

「ていうか、今回の来栖さん、ちょっと変じゃなかったっすか？」

新しいビールも早々に半分にしてしまった横山が、テーブルを見回す。

「え、何が？　クライアントの前でそんな大暴れしたの？」

「いや、あの人、暴れるときは絶対自分の担当してる求職者が絡んでるときだから。てっきり今回も人事に乗り込んで求職者をねじ込むつもりかと思ったら、そういうわけでもないし。結果として向こうに感謝はされましたけど、一体何がしたかったのかと思って」

来栖が平賀との面談時に「あれだけ考えたら出力したくなるでしょう」と言っていたのを思い出す。それをこの場で言ったら……面倒なことになりそうだ。

「ああ、そっか。T社を志望してる求職者って、天間さんの担当なんだっけ？」

話を振られた天間が、どうしてだか一瞬だけ千晴を見た。首を傾げる間もなく、天間はいつも通りにこやかに笑って頷く。

「ええ、恐らく面接までは進めるだろうと踏んでいます」

「じゃあ、魔王は天間さんのためと、あとは未谷のところに来てた求職者のために一肌脱いだってわけ？　あら珍しい」

「だから変なんすよ。ていうか気味が悪いんですよ」

吐き捨てた直後、横山は「あー、やめようやめよう」と頭を左右に振った。

「魔王の話はやめましょう。悔しいかな酒が不味《まず》くなる」

そこからは、仕事の話はしても来栖の話は出なかった。アルコールの回った横山が「俺ね、ピザを六等分するのが天才的に上手いんですよ」と四等分でいいはずのピザを六等分し始めて、それなのに全然綺麗に六等分できなかったので広沢とお腹を抱えて笑った。

再び来栖の名前が出たのは、来栖のいない来栖チームの納涼会を終え、駅で広沢と二人になったときだった。

地下鉄の改札を抜け、ホームに向かうエスカレーターに乗ったら、ふと広沢が「そういえばさあ……」と千晴を振り返った。

「来栖が変だって横山が言ってたじゃん？」

ああ、言ってましたね。頷きかけた千晴を、広沢が「関係あるかわかんないんだけどさ」と遮《さえぎ》った。

「未谷、来栖と付き合ってるよね？」

エスカレーターのステップを踏み外しそうになった。「あばばばっ！」とベルトを摑んで、広沢の顔をまじまじと覗《のぞ》き込む。

「な、何故……！」

「うわあ、想像してた通りのリアクション」

ニヤリと笑った広沢は、甘いねえと言いたげに千晴の肩を叩く。

「未谷よ、最近のあんたね、ときどき来栖と同じ匂いさせてんのよ。多分、来栖の家の匂い。隣の席の私しか気づいてないと思うけど」

他人の家の匂いって結構わかるんだよね～なんて呑気《のんき》に笑った広沢だったが、エスカレーターを降りると、しみじみと、どこか哀《あわ》れむように千晴を見てきた。

「しかし、あんた、よくもまあ、あんなのと……」

「そんな珍獣みたいな言い方しなくても」

「そうねえ、私ももうアラフォーだから、誰がどんな男と付き合おうと『ま、好きなものはしょーがないよねー』って思えるからいいんだけど」

何やら推理でもするように顎《あご》に手をやった広沢は、ホームの天井にぐるりと視線を巡らせた。

「野暮《やぼ》なこと聞くけど、来栖ってオンとオフで態度変わるわけ？」

嫌に真剣な顔で、そんなことを聞いてくる。

「それが、怖いほど変わらないんですよ」

「だよねー、そんなことだろうと思った。あー、つまんなーい」

と言いつつ、広沢は楽しそうだった。お酒が入っているからか、ふふっと笑って千晴に肩を寄せてくる。

「暴いちゃったついでに中学生みたいなこと聞くけどさ、二人のときはなんて呼び合ってるわけ？」

「来栖さんに未谷さんですよ」

「え、そのまんまなのっ？　来栖が仕事中に間違って未谷のことを千晴って呼ぶのを私はこの一ヶ月楽しみにしてたっていうのに！」

なんだよも〜と左右に揺れる広沢に、一ヶ月も前から勘づかれていたのかと千晴は頰を引き攣らせた。

電車がホームに入ってくる。広沢は根掘り葉掘り恋人としての来栖の話を聞いてくることはなかった（ただしきりに「アイツが彼氏は大変だな……」とは繰り返していた）。

「じゃ、お幸せにね」

電車を降りる間際、広沢はそう笑って手を振った。「恋バナはお姉さんが聞いてやるからな」と、楽しげに言い残して。

来栖が変だという横山と天間の言葉の意味を千晴が思い知るのは、この納涼会の少し後だった。

第四話

パワハラをしていい免罪符なんてどこにもないんですよ

五十四歳／男性／広告代理店 営業企画職

来栖嵐

会社の側《そば》の並木道に立つ桜の木は、とっくに緑色になっていた。なのに、卓上カレンダーの絵柄は満開の桜だ。

四月――新年度が始まったばかりの慌ただしさを嘲笑《あざわら》うような淡いピンク色のイラストを、来栖嵐《くるすあらし》はデスクに頰杖《ほおづえ》をついてしばらく眺めていた。

それを邪魔するように、視界に白猫が割って入ってくる。尻尾《しっぽ》が頰に当たってこそばゆいが、ここで構うと二、三時間ずっと居座るので、あえて無視した。

飼い主である洋子《ようこ》が大阪支社に出張中（というのは建前で、去年から大阪勤務になった姪《めい》の顔を見にいっているのだと来栖は思っている）なせいか、タピオカは昨日からずっと来栖から離れないのだ。

「天間《てんま》さん、学生時代に何かスポーツはやってましたか」

タピオカを膝の上に移動させ、面談を終えてオフィスに戻ってきた天間に声をかけた。デスクの椅子を引いた天間はピタリと動きを止め、「はい？」と首を傾《かし》げる。

向かいのデスクでキーボードを叩いていた広沢《ひろさわ》までが「は？」とこちらを見た。

「来栖、どうした？　今更気さくなチームリーダーを目指すことにしたの？」

タピオカ同様、こちらも反応すると話が長くなるからあえて無視する。

「……中高と野球部でしたけど」

困惑したまま答える天間に、「乱闘の経験とかあります?」とさらに問う。

「うちはそういうタイプの野球部じゃなかったんで、乱闘は……ないかなあ」

「なるほど、じゃあ、時間があったら午後からの面談に同席してもらえませんか」

「こ、この話の流れで面談に同席ですか」

「同席するだけでいいです。黙って僕の隣に座っていてください」

スマホでスケジュールを確認した天間は、「午後は空《あ》いているので、構いませんよ」と首を縦に振る。

「やばいよ天間さん。魔王、弟子が大阪に転勤しちゃったから、いよいよ天間さんを厄介事《やっかいごと》に巻き込むようになったよ」

天間に笑いかける広沢に「誰が魔王だ」と一応の抗議を放り投げ、PCに表示させた求職者の履歴書《りれきしょ》に視線をやった。

面談予定の求職者は約束の時間通りにシェパード・キャリアにやって来た。グレーのスーツをしっかり着込んだ五十代の男だった。眉間《みけん》に細い皺《しわ》が走っていた。

シェパード・キャリアにやって来る求職者は、二十代、三十代が圧倒的に多い。

五十代の男性というのはなかなか見かけない。男もそれを察したのだろうか、周囲をさり気なく窺《うかが》うようにして、眉間の皺をかすかに深くした。

その視線が、間違いなく来栖の杖を一瞥《いちべつ》した。

「こちらへどうぞ」

杖に絡みつく視線を蹴飛ばすように、来栖は面談ブースへ彼を案内した。天間がにこやかに挨拶《あいさつ》しながら、後ろをついてくる。

パーティションで区切られた面談ブースで名刺交換をし、向かい合って椅子に腰掛ける。いつものことなのに、無意識に深く息を吸っていた。

「竹原俊《たけはらしゅん》さん」

いつも通り、求職者の名を呼ぶことから始める。年下のCAにフルネームを呼ばれて驚いたのか、それとも不快だったのか、竹原俊は目を瞠《みは》った。

「年齢は五十四歳、京都のご出身で、東京の大学を卒業後、大手広告代理店・一之《いちの》宮《みや》企画に入社。長く営業部に勤務し、七年前に第一営業企画部部長に就任」

手元のファイルにある履歴書を読み上げながら、来栖は竹原を見据《みす》えた。

「今年の三月より、第一営業企画部の次長に降職《こうしょく》」

あえて「降職」とはっきり言葉にした。竹原は不愉快そうに喉を鳴らし、あからさまに来栖のことを睨《にら》みつけた。

「転職についてお話をする前に、降職の理由を伺《うかが》ってもよろしいですか」

「その情報がないと面談できないんですか」

敬語ではあるが、随分《ずいぶん》と棘《とげ》のある物言いだった。より正確に言語化するなら、「なくてもできるだろ」と聞こえる言い方だ。

隣に座る天間が頬に力を込めたのがわかったが、反対に来栖は笑い出しそうになるのを堪《こら》えた。最初から遠慮する気などなかったから、むしろちょうどいい。

「建前上、伺ったまでです。どうせ部下へのパワハラが大問題になって降職、処分に納得がいかずに転職活動をスタート。本気で転職を考えているというより、自分から部長の座を取り上げた会社に対する当てつけの面の方が大きい。『俺が転職すると知ったら奴らは慌てふためいて謝罪するに違いない』と思っている」

竹原は一瞬だけ驚いた顔をして、すぐさま顰《しか》めっ面《つら》に戻った。自分に対しこんな失礼な態度を取る人間なんてこの世にいない、という顔。

「お前、何だその態度は」

赤く染まった耳たぶを、来栖はじっと見た。この年齢で大手企業で役職までついている男なら、ある意味仕方がないか、と肩を落とす。

「おや、間違っている部分がありましたか？」

「間違ってるか間違ってないかじゃない、お前の態度の問題だ」

「態度に関しては、同僚でも部下でもない僕に対して〈お前〉と呼ぶあなたと五分五分だと思いますよ」

竹原の履歴書と一緒にファイルに挟んでおいた書類を、彼の前にすっと差し出す。

ネット記事のコピーだった。彼の勤め先であり――未谷千晴《ひつじたにちはる》の元勤務先でもある広告代理店・一之宮企画の名前が見出しになっている。

「今年の二月に、一之宮企画でのパワハラ問題が大きなニュースになりましたね。営業企画部の社員が複数の上司のパワハラにより鬱病《うつびょう》になり、休職したと」

男性とその家族は一之宮企画に対して二千万円の損害賠償を求める裁判を起こしている。男性は部長から「お前は新人以下だ。最低賃金すら払う価値がない」「本当に○○大学を出てるのか、馬鹿が」などと日常的に叱責《しっせき》されていたという。

「この事件をきっかけに、他の社員からも告発があったそうですね。男性社員は新人時代に飲み会で全裸になるのが恒例《こうれい》行事だとか、ノルマをクリアできないと上司に平手《ひらて》で殴られるのが伝統だとか、女性社員へのセクハラも日常的なものだったとか。ネット検索すれば、渦中《かちゅう》のセクハラ加害者達の名前もすぐに出てきます」

そこにはもちろん、竹原俊の名前がある。その中で最も役職が上なのが彼だった。

「あなたは今すぐにでも『こんなけしからん転職エージェント、誰が使うか』とお得意の怒鳴り声を上げて立ち去りたいところでしょうが、このご時世、どこのCA

だって不審な経歴の求職者がいたら調べます。降職なんて、何か理由がないとなりませんから。一之宮企画のパワハラ問題だって、大きく報道されたので多くのＣＡが把握《はあく》しています。この騒動をきっかけに一之宮企画から流出する人材をほしいと願う企業は多いですから。そんな中、一之宮企画から元営業企画部長が転職相談にやって来たら、まともなＣＡなら面談などしなくても事情を把握します」

ねえ、天間さん？　と彼の方を見ずに問いかける。わずかに視線を泳がせながら、天間は「あはは、そうですね」と肩を落とした。

「さて、竹原さんが隠しておきたかったご事情もわかったところで、転職についてのお話をしましょうか」

転職限界年齢だとか、世には悪徳転職エージェントがあるだとか、そんな〈いつもの話〉はどうだっていい。

この求職者に、いつも通りの仕事をするつもりはない。

「竹原さんが転職を希望するのなら、僕はＣＡとして徹底的にあなたをサポートします。ですが、長年にわたりパワハラで部下を苦しめてきた上に、そのことを反省もしておらず、もちろん更正《こうせい》もしていない人間を、大切な顧客である企業に『有能な人材です』と紹介することはできません」

更正という言葉が気に食わなかったのだろうか、竹原の目がすごむ。そうすれば、彼の部下はみんな萎縮《いしゅく》して「申し訳ございません」と頭を下げたのだろう。

きっと、未谷千晴も。

「僕はあなたの部下ではありません。同じ組織の人間ですらありません。転職エージェントは求職者から利用料をいただいていないので、僕にとってあなたは顧客ですらありません。年齢こそ竹原さんの方が上ですが、それだけで無条件に敬《うやま》い、あなたの高圧的な態度に謙《へりくだ》る理由にもならない。ですから、そのような不機嫌を振りかざすコミュニケーションは時間の無駄です」

ドン、と竹原はテーブルを掌《てのひら》で叩いて立ち上がった。天間の肩が小さく震えたが、竹原は「もういい」と吐き捨てて鞄を掴《つか》んだ。

「こっちこそ時間の無駄だった。何が転職エージェントだ」

面談ブースのドアをこれでもかと乱暴に開け閉めして、竹原は帰っていった。いつもはエントランスまで見送るものなのだが、来栖はその場を動かなかった。

「あの、来栖さん」

一連のやり取りを呆然《ぼうぜん》と眺めていた天間も、迷う素振《そぶ》りを見せつつ結局は竹原を追わず来栖の名を呼んだ。

「……とりあえず、この面談に僕を同席させた理由は」

「あの男が殴りかかってきたら勝ち目がないので、止めに入ってもらおうと思って」

「突然スポーツ経験はあるかと聞いてきたのは、それが理由ですか」

「横山《よこやま》が高校で剣道部だったというから適任だと思ったのに、彼、今日は終日外回りだし。中途で営業部に入った真栄田《まえだ》さんが空手経験者と聞いたんですが、転職早々に面倒事に巻き込むのも気が引けて」

なんだぁ～と天井を仰いで、天間は姿勢を崩した。

「珍しく来栖さんに頼りにされたのかな～とちょっと喜んだのに」

「頼りにしてましたよ」

「用心棒としてじゃなくて、CAとしてですよ」

「じゃあ、天間さんはああいうタイプの求職者をどうサポートしますか？」

閉め切られた面談ブースのドアを顎《あご》でしゃくる。天間は両腕を組んで唸《うな》った。

「パワハラで降職させられたことに納得がいってないようなら、まずはヒアリングでしょうか。竹原さんにも事情や言い分があるでしょうし、現在抱えている問題点や改善点を洗い出し、転職するか否《いな》か、転職するとしたらどんな企業がよいか、一緒に考えていくと思います。ガス抜きしつつ働くことに前向きになってもらわないと、パワハラ加害者の更正も何もない気がするので」

「なるほど、天間さんらしい」

「とは言いつつ、CAとしての正攻法は、パワハラについて知らないふりをしつつサポートするか、別のエージェントに切り替えてもらうのを待つ、ですかね？」

「でしょうね」

パワハラをする人材だろうと何でもいいからほしいという企業は存在する。そういうところに押し込んでしまうことだってできる。竹原がこのまま他の転職エージェントに移ったら、そこの担当CAはそういう仕事をするかもしれない。

「だからこそ、あの人は俺が担当する」

「あの調子だと、もううちには来ないと思いますけど」

「来ないなら、押しかけるまでだ」

え？　と首を傾《かし》げる天間をよそに、来栖は杖に手を伸ばした。

「来る者拒まず、去る者追わず。それが転職エージェントだけど、あの人は別だ」

面談ブースを出ようとしたところで、天間が再びこちらの名を呼んだ。

「来栖さんがそこまで頑《かたく》なになる理由って、未谷さんが関係していたりしますか？」

「なんで大阪支社の人の名前が出るんですか」

「だって、未谷さんの前職は一之宮企画で、営業企画部にいたと僕は以前彼女から聞いています。竹原さんが未谷さんの上司だったんじゃないかと思って」

一度言葉を切った天間は、絞り出すように呟《つぶや》いた。

「もしかしたら、未谷さんも竹原さんからパワハラを受けていたんじゃないかと」

「ええ、その通りですよ」

隠してもしょうがない。勘がいい男だし、思慮深く目ざといのもよく知っている。

「だから、竹原さんの履歴書を、社内データベースから消したんですか」

「なんだ、そこまで知ってたんですか」

シェパード・キャリアに登録した求職者の履歴書や職務経歴書は、社内のデータベースで共有される。企業から求人が届いたら、その条件に相応《ふさわ》しい人材がいないか全社員がチェックできるようになっているのだ。もちろん、大阪支社の人間も。

だが現在、竹原の情報はデータベース上に存在しない。彼がシェパード・キャリアに登録した直後、来栖がこの手で消したからだ。

「そりゃあ、面談に同席するんだから履歴書くらいチェックしますよ。でもどこにも竹原さんの名前がなくて、変だなと思ったんです」

天間がこちらを見据《みす》える。訝《いぶか》しげに眉を寄せて、来栖の腹を探ってくる。

「未谷さんが元上司を見つけることがないよう、竹原さんの情報を隠した、と？」

「自分にパワハラしてきた人間のその後なんて、知る必要がないでしょう」

「そうかもしれないですが、未谷さんが知ったら、怒るんじゃないかと思いまして」

「いいんですよ、彼女は知る必要なんてない」

ましてや、再会する必要すらない。したところで不愉快な記憶を思い出すだけで、被害者の人生には何のメリットもないのだから。

「次の面談がありますので」

天間は何か言いたそうな顔をしていたが、構わず来栖は面談ブースを出た。

◇　◇　◇

玄関のドアが開く音で目を覚ました。見覚えのある天井を眺めながら欠伸《あくび》を一つすると、胸の上で真っ白な毛玉がもぞりと動いた。

来栖の靴を確認したらしいこの家の持ち主が、「え、いるの?」と声を上げる。

数秒の間を置いて、リビングのドアが開く。目覚めたタピオカを抱えたまま、来栖はソファからゆっくり体を起こした。

「あんた、また人の家をネカフェ代わりにして」

大阪出張帰りの落合《おちあい》洋子は、キャリーケースを抱えたまま呆《あき》れ顔で肩を竦めた。

「仕方ないじゃないですか、帰ろうとしたらタピオカが人恋しそうににゃーにゃー鳴くんですから」

「家に帰るのが面倒になっただけでしょう、どうせ」

そう言われたら、そうなのだが。タピオカをお気に入りのキャットツリーの一角にのせてやると、キッチンから「今回もタピオカのお世話ありがとう。コーヒー淹《い》れるから」という洋子の声が飛んでくる。

「社長、今日の朝イチの新幹線で戻るって言ってませんでしたっけ」

時計を確認すると、まだ七時前だ。

「午前中に急用が入っちゃってね、慌てて夜行バスで帰ってきたの。いや～久しぶりの夜行バスだったけど、寝てる間に東京に帰ってこられるのって便利ね」

「そのバイタリティが羨《うらや》ましいですよ」

「え、じゃあ来栖も大阪出張してみる？　ほら、今度向こうで中途採用をさ」

「俺は社長がいない間のタピオカの世話をする役で充分です」

社長とはいえ独身同士で合鍵《あいかぎ》を預かっているのはどうなのかと常々思うが、間にタピオカが挟まっていては仕方がない。猫は人の営《いとな》みの頂点に立つのだ。

「そういえばね、千晴がちょっと難しい求職者を担当してるみたいよ」

ドリッパーに湯を注ぎながら、洋子は唐突《とうとつ》に千晴の名前を出した。

「魔王様に相談すればとアドバイスしたら、それは最後の手段だから嫌だって」

「ちょっと難しい求職者くらいなら、彼女は自分でなんとかしますよ」

「結構信頼してるのね」

「自分が教育係をした部下が使い物にならないなんて、上司の責任でしょう」

コーヒーを受け取り、何故《なぜ》か考えたのは竹原のことだった。

「一応のご報告なんですが、未谷さんの元上司がうちに面談に来ました」

マグカップ片手にひと息ついた洋子が「えっ？」とキッチンカウンター越しに身を乗り出す。

「……何がどうして？」

「パワハラ問題で降職されて、転職活動を始めたようで。未谷さんの目に触れない方がいいと思うので、彼の情報はデータベースから消してます」

「まあ……そうか、そうよね。それが精神衛生上いいか」

「何かあったら報告しますから、任せてもらえますか」

カップに口を寄せる。湯気が鼻先をくすぐり、酸味のある苦さが口内に広がった。

「ええ、トラブルを起こさないように気をつけて」

「起こしませんよ」

仕事に個人的な事情や感情を持ち込むものではないとつくづく思う。トラブルのもとにしかならない。

でも。

「今回ばかりは、私情を挟むしかないかもしれないですね」

早々にコーヒーを飲み干した洋子が「はい？」と首を傾げる。

「なに、私情って」

「私情は私情です」

カップ片手に、逃げるようにタピオカのいるキャットツリーに歩み寄った。口を滑らせた来栖を哀れむように、白猫はジトッとこちらを見つめている。こいつのこういうところが、可愛くて堪《たま》らないのである。


大阪支社にいる未谷千晴から「相談にのっていただきたい」と連絡が来たのは、その日の午後だった。聞けば彼女は天間に頼まれて来栖に連絡をしてきたという。

「天間さん、余計なことしないでくれますか」

千晴とのビデオ通話を終えて、真っ先に彼のデスクに向かった。膝の上でタピオカを撫で回しながら、「来栖さん相手に暗躍《あんやく》はできませんね」と天間は苦笑した。

「別に、未谷さんには例の件の詳細は何も伝えてませんよ。僕も、彼女と彼を引き合わせたいわけじゃないですから」

地獄耳の広沢がデスクで電話しているのを一瞥しつつ、天間は竹原の名前を伏せたまま続けた。

「ただ、厄介な求職者を担当してるのは本当じゃないですか。そんな来栖さんの相談にのれるのは、未谷さんくらいじゃないかなとお節介を焼いただけのことです」

「本当にお節介ですよ」

あからさまに溜め息をついて、デスクに戻った。スケジュール帳を開いて、来週以降の予定を確認する。竹原とは初回の面談以降、連絡がつかない。それはそれとして、他にも大量の求職者を抱えていた。

転職する強い意志もあり、なのに一向に応募先を決めてくれない村瀬美琴《むらせみこと》をどうにかするためにも、五月の連休中に大阪に出張する必要が出てきてしまった。

出張なんて仕事をする上で一番やりたくないのに。ぶつぶつと愚痴《ぐち》をこぼしそうになるのを我慢しながら、スマホに手を伸ばした。

竹原俊

①日時・場所：五月××日、第一営業企画部オフィスの会議室

②出来事：部下のYが顧客への提案として会議に提出したプレゼン資料に不備があった。企業名のミス、リサーチ不足、顧客の好みを理解していない、そもそも企画がありきたり。それを指摘した上司に対し、ふて腐れたような態度を取った。

③思ったこと：顧客への提案一つでそれまでの信頼や実績を失う可能性があると理解していない。先行事例や競合他社のリサーチを何故できないのか。学生気分が

抜けていない。目上の者に指摘されたときの態度にも問題がある。
④自分の中にあった価値観‥
⑤相手にしてほしかったこと‥
⑥感情の割合‥
⑦別の考え方‥

キーボードを叩きながら、竹原俊は馬鹿馬鹿しくなってファイルを閉じた。一応、しっかり保存はした。文書内の空欄の白さが瞼《まぶた》に焼きつくようだった。

時刻は午後七時を回ろうとしている。一之宮企画第一営業企画部のオフィスはまだまだ社員が働いており、フロア中に明かりが煌々《こうこう》と灯《とも》っている。

働き方改革によって定時退社を推奨《すいしょう》する顧客が多い分、日中は外回りをして、夜は社内で打ち合わせや事務作業を片づけるという流れが必然的にできあがった。

離れたところにある打ち合わせブースで、若手社員の矢口《やぐち》が同期と何やら打ち合わせている。大方、昨日会議で駄目出しされた企画書を直しているのだろう。

何故、経験も知識もたいして変わらない同期と話し合うのか。それで企画書がよくなると本当に思っているのか。それは「話しやすいから」「仲がいいから」という理由だけで馴《な》れ合って仕事をした気になっているだけだ。本当に企画を通したいなら、厳しいことを言われる覚悟で先輩や上司のところへ行くべきだ。

そんなイライラを奥歯で噛み潰しながら、先ほどのファイルをもう一度開いた。

この書類は「アンガーログ」といって、名前の通り日々の怒りの記録を詳細に綴《つづ》るためのものだった。

職場で感じた〈怒り〉を、日時や場所、発生した状況を詳しく書き、そのとき自分が何に怒り、相手に何を求めたのかを振り返る。自分の感情を「怒り80、落胆20」のように数値化し、最終的に「相手にも事情があったかもしれない」と怒り以外の考え方へ思考を導く。

――という馬鹿らしい書類を、竹原はこの数ヶ月、毎週人事部へ提出している。その週に感じた怒りをアンガーログにまとめ、月に一度人事部の人間と面談し、外部の専門家によるハラスメント防止研修プログラムを受けている。

パワハラ問題を起こしてニュースにまでなった企業が、「しっかり反省していいます」と世間にアピールするための、それはそれは手厚い再発防止策だった。

アンガーログの空欄をなんとか埋めて、「お疲れ」と周囲に一言言ってオフィスを出た。近くにいた社員達から「お疲れ様です！」と切れのいい反応がある。

それはパワハラ問題で竹原が部長から次長に降職する前と変わらないはずなのだが、どうにも部下達の声がぎこちなく感じる。

痛い目を見たから部下に「お疲れ」と言うようになったなどと陰口を叩く同期がいるが、こうなる前からちゃんと毎日「お疲れ」と言って退社していた。出世レースに躓《つまず》くと、こうして事実もねじ曲げられるらしい。

一階に下りると、受付カウンターで呼び止められた。顔馴染みの受付係の女性が「竹原さんにお客様です」とエントランスのベンチを手で指し示す。

「ご連絡しようかと思ったんですが、『もうすぐ来るだろうから待っている』と……」

困惑気味な受付係の視線の先を確認して、思わず「はっ？」と声が出た。

木製のベンチに悠々《ゆうゆう》と腰掛けていたのは、シェパード・キャリアの来栖嵐だった。

「お疲れ様です。そろそろお帰りだろうと思っていました」

口振りだけはにこやかに、でもくすりともせず、来栖は竹原に歩み寄った。

「何故俺がもう帰りだとわかる」

ここは一之宮企画——その昔は「永遠の不夜城」などと呼ばれ、働き方改革が叫ばれる昨今《さっこん》も体質はそう大きく変わっていないというのに。

「パワハラという不祥事を起こした社員を、定時後まで働かせることはしないだろうと。ニュースにもなりましたし、加害者が竹原さんだと調べればすぐに出てきます。そんな人間が、得意先との夜の会食に同席することもないでしょう」

その通りだった。第一営業企画部の部長は、別部署の次長だった同期の杉田《すぎた》が務めている。今頃、部下を引き連れて得意先である大手製薬会社の宣伝部長を赤坂あたりで接待しているだろう。

もとはといえば、自分が若い頃に何度も通って獲得した顧客だった。部長に昇進したときなんて、宣伝部長に「竹原君、出世したじゃなーい」と肩を叩かれた。

「事実上の謹慎《きんしん》状態であろう竹原さんは、定時後、パワハラ防止研修の報告書、もしくはアンガーログを人事部に提出して帰宅――となると、このくらいの時間にここを通りかかるのではないかと待ち構えていたんですよ」

何故そんなことまでわかる、と口をひん曲げたら、来栖は小さく鼻を鳴らした。

「御社のウェブサイトに、パワハラの再発防止策をまとめた報告書が掲載されていました。そこに書かれていた研修プログラムの内容と、研修を担当する外部組織の活動内容を確認したら、自ずと想像できますよ」

目の前に立つ男が、いよいよ薄気味悪くなった。口元だけは意地悪く笑っているのに、目だけは笑っていない。冷たく鋭利《えいり》に、こちらを見据えている。

「再発防止のための研修としては、妥当《だとう》な内容です。パワハラ加害者は自分の言動がどう悪かったか理解していないことが多いので、何がパワハラにあたるのかを実例を交えながら説き、当事者意識を芽生えさせる。他者への共感力を高め、アンガーマネジメントを徹底するように促《うなが》し、日々の業務の中で実践できているか定期的に人事や外部の人間が確認する。非常にオーソドックスな対策です」

半笑いで話す来栖の目尻のあたりから、「それで更正するのは一体何割なんでしょうね」という声が聞こえる。こめかみのあたりをガリガリと引っ掻きながら、竹原は彼を睨みつけた。

「それで、お前は何のために来た」

「ここでお話ししていいんですか？」

首を傾げた来栖に、我慢できず舌打ちをこぼす。こんな場所で転職の話などされて堪るか。こちらはもう二度とシェパード・キャリアに行くつもりなどないのに。

「あんたと話すことなどない」

来栖を振り切るようにして、エントランスを出た。すっかり暗くなった屋外から、まだ昼間だという顔で一之宮企画の社員達がビルに入ってくる。彼らとすれ違いながら、駅へと向かう。

雑踏《ざっとう》の中、背後から杖の音が聞こえる。カツン、カツン、カツンと、アスファルトを木製の杖が打つ。

音は竹原に追いつくことはない。どれだけ偉そうな口を叩こうと向こうは障害者で、こちらは健常者だ。普通に歩いていれば来栖には追いつかれない。

なのに、懲《こ》りずに音は竹原を追ってくる。追いつこうという焦《あせ》りや苛立《いらだ》ちの感じられない、淡々とした音だった。

それどころか――。

「竹原さん、歩くのが速いですよ。酷《ひど》いなあ」

白々《しらじら》しくそんなことを来栖は言った。棒読みで、何の感情もこもっていない声。だからこそ、道行く人の足音や話し声、自動車のエンジン音に負けず、よく通る。

側《そば》に一之宮企画の人間がいるのには気づいていた。大きく溜め息をついて、竹原は足を止めて振り返った。

「ありがとうございます」

来栖は涼しい顔で竹原の隣に並ぶ。パワハラで降職された元部長が得体《えたい》の知れない男と会社の近くを歩いているのを見られるのも厄介なのに、杖をついている人間を捨て置いて歩き去っているかのように受け取られるのは、非常に心証が悪い。

「竹原さんは僕と話すことはないとおっしゃいましたが、僕はあなたと話すべきことがたくさんあるんです。あなたがシェパード・キャリアに足を運んでくださらないなら、僕がこうして押しかけるまでです」

こちらの胸の内を読むように、来栖は静かに目を細めた。

「とても不本意なのですが、僕は職場で〈魔王〉だなんてあだ名で呼ばれているんです。本人が嫌がっているのにあだ名で呼び続けるのも立派なハラスメントだと、研修で教わりませんでしたか？」

そんな話もされた。ハラスメントとは何かをだらだらと説明され、実際に起きたハラスメント事例を取り上げて意見を求められ、社外研修では同じようなハラスメント加害者とされた連中とディスカッションまでした。

「でも、今回ばかりは、この不本意なあだ名の通りにあなたに接します」

竹原を追い越した来栖は、片足が不自由とは思えない優雅な足取りで立ち止まり、杖に両手をやった。正面から竹原を見つめた。

「転職の魔王様だなんて物騒《ぶっそう》な名で呼ばれる僕から、逃げられると思わないでください」

来栖嵐

「いい加減にしたらどうだ」

怒鳴りたいのを必死に押し殺すようにして、竹原は来栖を見下ろして唸った。さすがに会社のエントランスで部外者に声を荒《あら》らげるわけにはいかないようだ。

目の前を歩いていく一之宮企画の社員達を横目に、来栖はベンチからゆっくり腰を上げた。こうして一之宮企画のエントランスで竹原を待ち構えるのも、今日でかれこれ四度目になる。

「竹原さんが面談に来てくださらないから、僕がこうして出向いているんですよ」

「自分が異常なことをしている自覚はないのか」

「ありますよ。僕は出不精《でぶしょう》な方なんです。会社の上がマンションなら喜んで買いたいと思っているくらいです」

こちらがふざけているると思ったのか、竹原は舌打ちをした。

「俺はあんたの世話になると言った覚えはない。これは立派なストーカーだ」

「部下に散々高圧的な態度を取ってきたのに、自分のことになると随分とデリケートになるんですね。竹原さんもその昔、得意先の担当者をこうして待ち構えて顔を繋いでいたんじゃないですか？」

不愉快そうに押し黙った竹原に、来栖は鼻を鳴らして笑った。

「たった一分でも、たった一言でもいいから言葉を交わし、取り入って、気に入られるように努《つと》めて、仕事を足で稼ぐ。接待をし、酒を飲み、今となれば立派なハラスメントとなるような行為を社内でも社外でも経験しながら、働いてきた。二十四時間をどれだけ仕事に捧げられるかが、有能で意欲ある会社員の証《あかし》だった。竹原さんは、そういう時代にキャリアを積んできた人でしょうから」

「わかったような口を利くな」

　こちらを振り切るように歩き出した竹原を、来栖は追いかけた。当然ながら彼の隣に並ぶことはできず、三歩後ろをついていく。

「僕も、十年ほど前までそういう働き方をしてました。ある程度は想像できます」

　竹原は速度を緩《ゆる》めない。四度目ともなれば慣れたものだ。

「僕は事故で足を悪くするまで、浅黄《あさぎ》商事に勤めていました。一之宮企画とも取引がありましたから、竹原さんも浅黄商事の人間と面識があるかもしれませんね」

　竹原の歩調が少しだけ乱れたのを、来栖は聞き逃さなかった。

「あの会社は、一之宮企画と社風がよく似ています。というか、昭和・平成に大きくなった会社というのは、結局は似たような生態をしているんだと思います。会社の成長のために必要な働きアリの規格が存在し、そこから外れる人間を徹底的に排除する。生活のすべてを仕事に捧げられない人間、ハラスメントに耐えられない心の弱い人間、会社や上司に従順じゃない人間、妊娠や出産や育児で会社の足を引っ張る人間、病弱な人間に、障害を抱えた人間……規格外を排除し、空いた席には別の働きアリを据える」

　暮れなずんできた東京のビル街を、来栖はふと見上げた。高層ビルが並ぶ先、東京駅の方角に自分がかつて勤めた商社の社屋がうっすらと見えた。明かりが煌々と灯っている。一之宮企画と同じような、狂気じみた野心が滲《にじ》むビルだ。

「僕は野心ある働きアリでした。己《おのれ》の野心のままに働いていたら、会社の求める働きアリの規格にピッタリの社員になっていた。でも、事故で足が不自由になったら、すべて変わりました。どれだけ熱心に働こうと、どれだけ会社に忠誠を誓おうと、僕はもう働きアリになれなかったんです」

自分と竹原の間には、三歩の距離がある。いつもよりほんの少し早歩きをしても、杖が地面を叩く音が忙《せわ》しなくなるだけで、距離は縮まらない。働きアリに適合《てきごう》できる人間と、できない人間の差だ。

「もちろん、働きアリになれた人間が、みんな快適に働いてきたかといえば、そうではない。適合できた人間には、それ相応の地獄がある。常に結果が求められ、要求に応えられなければ叱責され、ペナルティを受ける。一つクリアすれば、上司はもっと大きな成果を求めてくる。男性社員ならば、男らしく、好戦的で、リーダーシップと出世欲にあふれていることを求められる」

「――おい」

竹原が立ち止まる。駅の出入口が迫っていた。竹原との風変わりな〈面談〉は、いつも駅までと決まっていた。

「お前、俺を哀れんでるのか」

こちらを睨みつけた竹原を、「ああ、それもありますよね」とあえて指さした。

「男は、弱いと思われてはいけない。哀れまれてはいけない。だからこそ、自分は強者であると周囲にわからせる振る舞いをする。部下はちょうどいい相手です」

来栖自身、その強迫観念に覚えがないわけではない。誰に教え込まれたわけでもないはずなのに、気がついたらその感覚が自分にもあった。

「竹原さん、あなたが自分の意志で働きアリをやってきたのか、必死に働きアリであろうとしたのか、僕にはわかりません。ただ、あなたが二十代、三十代でどんな経験をしたとしても、パワハラをしていい免罪符《めんざいふ》なんてどこにもないんですよ」

カン、と体の前で杖を鳴らした。杖の柄を両手で握り締めて、竹原を見据える。

「あなたがほんの一握りでも『パワハラ上司を脱したい』と思うのなら、次は弊社《へいしゃ》で面談をさせてください。僕はパワハラ上司であるあなたを解明して、変わる糸口を提示してみせる」

竹原の眉間にまた皺が走った。自分達を追い越して駅に吸い込まれていく人間の中には、きっと一之宮企画の社員もいる。

そんなことお構いなしに、竹原は来栖を睨みつけていた。

「ていうか、そうでもしないと、あなたは転職の有無《うむ》にかかわらず、また同じことをしますよ。また人事部に呼び出されて、ハラスメント研修と、アンガーログを書く毎日です。くだらなくないですか？　そんなことのために仕事してるわけじゃないですよね？　でも、あなたが変わらない限り、そのくだらない毎日が続きます。社会はもう、あなたの言う『昔は働きやすかった』の時代に戻らないからです。正確には、たまたまあなたのような人が働きやすかっただけの時代には」

竹原に一礼し、彼を追い越して駅に入った。明日から大阪出張だったなと、駅のホームで予定を確認した。「大阪支社の中途採用を任せた！」と社長の洋子に肩を叩かれてしまったから、逃げられなかった。

一度は働きアリの規格から外れてしまったけれど、場所が変われば規格そのものが変わる。そのうち自分に合う規格に巡り合う。事故に遭《あ》った直後の自分に、今更ながら言ってやりたい。

◇　◇　◇

「薄い……こんな薄いミルクティーは生まれて初めてだ。色のついたお湯だ……」

ティーカップを置いて頭を抱えた天間を前に、来栖はクロワッサンをちぎった。

その感触から嫌な予感がしたが、口に含むと案の定だった。

「新聞紙を食べてるかのような食感だ」

会社から歩いて五分ほどのところに最近できたカフェに、いつも通り評判も口コミサイトもチェックせず飛び込んでみたが、なかなかの逸材《いつざい》を引き当てたようだ。

「来栖さん、新聞紙を食べたことがあるんですか」

「この妙な特技を持っていると、いろんな食感や味を経験するんですよ」

「さすがです」

恐る恐るという手つきでランチメニューのチキングリルにナイフを入れながら、天間は頬を引き攣《つ》らせていた。

「あと、昔は海外出張ばかりだったので、味が個性的な食べ物に耐性があるんです」

店員が近くで注文を取っている手前オブラートに包んだが、なかなかに不味《まず》い店だった。サラダはギリギリ瑞々《みずみず》しかったが、ドレッシングが驚くほど薄味だ。塩水をぶっかけて出しましたと言われても驚かない。

「海外出張でそんなすごいものを食べるんですか」

「その土地の人間と同じものを食べると、距離が縮まるんですよ。現地の漁師が食べてみろと差し出した、とんでもない色味と食感の生貝とか」

「それ、大丈夫だったんですか」

「俺は大丈夫だったけど、上司はそれから三日、ホテルでくたばってました。そのおかげで当時の俺は上司の仕事を横取りできたんですけど」

そんな謎の貝に比べたらご馳走か、なんて顔で天間は食事を再開した。彼が「色のついたお湯」とたとえたミルクティーは、そのたとえ通りの味をしていた。

「それで、店選びを俺に任せてまで、何の話がしたかったんですか」

ランチに誘ってきたのは天間だった。その上「来栖さんの行きたい店で構いません」となれば、それなりに大事な話があるに違いない。

「いえ、例の……竹原さんの件、その後どうなったのか気になったもので」

「ああ、心配してくださってたんですか」

「最近の来栖さん、夕方に外出してそのまま直帰《ちょっき》することが多いじゃないですか。あれ、竹原さん絡みですよね？　来栖さんは一人でどうにかしてしまうんでしょうけど、出不精の来栖さんがそこまでするとは不穏だな、と思っているわけです」

先日、広沢からも同じことを言われた。営業の横山《よこやま》もときどき、また俺の知らぬところで暗躍してねえだろうな、という目で見てくる。

「今のところ、竹原さんと殴り合いになるような気配はないので、ご安心を。ていうかそんなことになったら俺が確実に負けて終わりなので」

「杖を武器に暴漢《ぼうかん》をあっさり撃退しそうな雰囲気なのに」

「そんな才があったら、今頃パラリンピックに出ています」

それに——味のしないミルクティーを流し込みながら、竹原の顔を思い浮かべる。何故か、やや遅れて未谷千晴の顔も浮かんでしまう。

「パワハラで降職させられて、定期的に研修まで受けている人です。納得している かどうかは別として、そう簡単に暴力沙汰《ざた》なんて起こさないはずです」

そういう意味では、あの竹原という男を信頼しているとも言えた。元働きアリとして、あの男の働きアリとしての素質を、信用している。

「そういえば、もうすぐ未谷さんが戻ってきますね」

空になったカップから、来栖は静かに顔を上げた。

「それまでには、ある程度片はつけます」

竹原俊

人事部に呼び出されたと思ったら、ハラスメント研修の案内だった。素《そ》っ気《け》ない紙ペラ一枚に印刷された「ハラスメント」という単語を、竹原はじっと見下ろした。

「いやあ、悪いね。メールで案内するだけだと参加率が悪い傾向があって、竹原達には直接渡せっていう部長のお達しで」

へらへらと笑うのは、同期入社の津田《つだ》だった。新人の頃は竹原と同じ営業部だったが、今では人事部の次長となっている。現部長が来年には定年を迎えるから、そろそろ部長のポストを狙っているはずだ。

「とりあえず、竹原もちゃんと参加してよ。禊《みそぎ》だと思ってさ。ほとぼりが冷めるまでの辛抱なんだから。面倒な時代になっちまったって、俺だって思ってるさ」

お互い頑張ろうぜ、と津田は竹原の肩を叩いて自分のデスクに戻っていった。何がほとぼりだ、何がお互い頑張ろうだ。

彼と竹原の出世レースは別ベクトルだった。営業として結果を積み重ねて有無を言わさず昇りつめてきた自分とは対照的に、人事部や総務部でキャリアに失敗という傷をつけることなく働いてきたのが津田だ。

一之宮企画での出世レースは、ニュースになるような大きな不祥事を起こした人間が生き残れるほど——敗者復活が用意されているほど、優しいものではない。津田もそれをわかっている。わかりきっていて、「頑張ろうぜ」などと白々しく笑う。

側《そば》を社歴の浅い若手社員がおずおずと通り過ぎていった。研修の案内を折り畳んでジャケットの内ポケットに押し込み、竹原は人事部をあとにした。

第一営業企画部のフロアに戻り、金曜日提出が義務づけられているアンガーログを一週間分書いて人事部の担当者に送った。

アンガーログは習慣になっていた。思い当たる出来事をいくつか並べて、人事部から物言いがつかない程度に欄を埋める。子供の頃、作文の宿題をとりあえず原稿用紙の最後の行まで適当に埋めて〈やった感じ〉を演出するのが、真摯《しんし》な文章を書くよりずっと有益だったことを思い出した。

そして、そういうのが上手い人間ほど、要領よく得をしていくものだった。

ついでに先日参加した四度目のハラスメント研修の報告書をレポートにまとめ、やはり人事部の担当者にメールで送る。

時刻は午後八時を回っていた。金曜の夜は、この会社が一週間で最も輝かしい不夜城と化す日だった。

大勢の社員が働いている中、会社を出た。エントランスでよく知る社員とすれ違い、「お疲れ」と声をかけた。一拍遅れて、どことなく強張《こわば》った「お疲れ様です」が返ってくる。パワハラ不祥事なんてニュースが出回った日から、ずっとそうだ。

エントランスにあのCAの姿はなかった。駅までの道にも、駅の改札にも、ホームにもいなかった。

いつも使う電車に乗り、いつも降りない駅で乗り換えた。

駅を出てしばらく歩き、とあるビルに入った。十二階でエレベーターを降りると、フロア全体が静まりかえっていた。

目の前に、〈シェパード・キャリア〉と社名が掲げられている。すでに今日の面談時間が終わっているから、社名を照らすライトも消えていた。

でも、扉の鍵は開いていた。低い開閉音がフロア全体に響き渡り、求職者はおろかシェパード・キャリアの社員もほとんど残っていないのがわかった。

それでも、薄暗く静まりかえったオフィスの奥から、あの男の杖の音がする。

「待ちくたびれましたよ。そんなにアンガーログを書くのに手間取ったんですか？」

涼しい顔で嫌味を言って、来栖は近くの面談ブースに竹原を案内した。

「『次は弊社で』と言ったのは僕ですが、竹原さんが本当に来てくださるとは思いませんでした」

罠にかかった獲物《えもの》を見るような顔をした来栖に、竹原はふんと鼻を鳴らしながら椅子に腰掛けた。

「あんたがエントランスで待ち伏せするせいで、変な噂が立ち始めてるんだよ」

「重要な仕事を取り上げられた竹原さんが、出世レースへの復帰を目指してなり振り構わず怪しい業者に取引を持ちかけている、とか？」

見てきたかのように語る来栖に、竹原は「無駄話はいらん」と吐き捨てた。それすらも、来栖は笑って受け取ってみせた。

「ありがたい限りです。職業柄、社外では話せないことが多いですし、ここなら竹原さんが殴りかかってくるようなことを僕が言っても人目につきませんから」

僕なりに、あなたが犯罪者にならないように気を遣ってるんですよ。そんな顔で来栖は笑った。自分達のいる面談ブースにしか明かりが灯っていないせいか、来栖の笑顔は気味が悪かった。頬骨《ほおぼね》のあたりに邪気《じゃき》がまとわりついて見える。

　初めてここで顔を合わせたときから、この男はそうだった。なのに、こうしてのこのこと足を運んでしまったのは、何故なのか。

「僕なりに、パワハラ上司というのはどうして生まれるのかを、あなたがシェパード・キャリアに登録したときからずっと考えていたんです」

　唐突《とうとつ》に、来栖は「いや」と言葉を切った。

「正確には、以前、あなたの部下だったという方がシェパード・キャリアに転職相談に来たときからです」

　息を呑んだ。来栖はいつの間にか笑みを引っ込めていた。

「俺の部下……？」

「あなたの名前も伺ったことがあります。本来ならＣＡは他の求職者の話題など出しませんが、竹原さんはその方を特定できないでしょう。これまでパワハラ上司として多くの部下を抱え、体や心を壊して消えていった部下も大勢いて、彼らのことをただ『使えない』と切り捨ててきたあなただ、無理もない」

　図星《ずぼし》だった。いつ頃に会社を辞めたのか、何歳くらいで、男か女か。それくらいの情報があれば絞り込めるだろうが、竹原の脳裏《のうり》には大勢の〈かつて部下だった人間〉の顔と名前がぼんやり浮かぶだけだ。

「パワハラ上司には、いくつかタイプがあると言われています。例えば、プレイヤーとしては適切に能力を発揮できても、管理職として周囲をマネジメントする能力に欠けるタイプ。組織や部下のことを考えた行動ができず、新しい意見やアイデアを取り入れるのを嫌がり、自分の利益を最優先し、部下を蔑《ないがし》ろにする」

ふふっと笑いながら息をついて、来栖は続ける。

「あとは、専制君主のように自分のやり方や意見を部下に押しつけるタイプ。自分の要求に応えられない部下を叱責し、自分のやり方や価値観に周囲を従わせる。厄介なのは、この特性が会社にとっては利益を生んでいる面があり、仕事ができる人間と評価されがちだということです」

自分はどちらだと思いますか？ と言いたげに、来栖が竹原を見つめる。

「竹原さんはどう見ても専制君主タイプですね。恐怖政治で部下をコントロールし、追い詰め、壊れた人間を切り捨て、自分のやり方についてこられる人間だけを可愛がるタイプの上司です。あなたの寵愛《ちようあい》を受けた人間が出世し、同じような上司になり、パワハラ体質の一之宮企画を作ってきたわけです」

「だから心を入れ替えて部下に優しく仕事しましょう、ってか」

想像しただけで、反吐《へど》が出る、今更そんなふうになった自分にも、そんな自分を見る周囲の人間の顔にも。

「専制君主なパワハラ上司とやらは会社に利益を生むと言ったな。その通りだよ。そうやって結果を出してきたし、上の人間も、同期も、そうやって稼いできた。今の若手がいくら『酷い働き方だ』と言おうと、それが普通だった。タイムスリップしたところで、俺はそれ以外の方法であの時代を生き延びる方法を知らない」

人に優しく、自分にも優しく。そんな働き方で、バブルが弾《はじ》けて以降、何もかもが下り坂のこの国で、生きていけたと思うか。人事部の人間にも、研修に来る講師にも、のほほんと働く若手にも、自分達は新しい時代の働き方に対応しているとしたり顔でいる社員達全員に、そう吐き捨ててやりたい。

「それじゃあ、あなたが『意味がない』とうんざりしているハラスメント研修やアンガーログと同じでしょう。言ったって直らないから、あなたはパワハラ加害者として降職したんですから」

こちらを馬鹿にするように笑って、来栖は音もなく顎に手をやった。

「よほどのことがない限り、一人で組織の中にパワハラを蔓延《まんえん》させることなんてできません。カビと一緒で、繁殖しやすい環境があるから広がるんですよ。さらに言えば、そういう環境だからパワハラ上司の特性を持った人間が生まれる」

そんな哀れな労働環境の被害者がお前だと——そんなふうに言われたら、このC

Aの胸ぐらを摑《つか》んでいたかもしれない。

だが、来栖は表情を変えなかった。実験動物でも見るような目をしたままだ。

「今度は、パワハラが起きやすい環境の話をしましょうか。わかりやすいのは、日常的に忙しく、人員不足で、社員の心身共に余裕のないストレスフルな状態の職場です。ストレスの解消方法としてパワハラが誘発《ゆうはつ》される可能性が高い。業務改善や人員補充が行われないまま、『パワハラはよくない』と個人に訴えたところで、何も変わりません。もう一つは、体育会系気質で男らしさが求められる雰囲気の職場です。やる気があり競争的で、野心があり、根性と忍耐力のある男性社員こそが求められ、そうでない人間に対しパワハラが行われる。あと、この〈男らしさ〉には〈冗談〉や〈からかい〉を日常的なコミュニケーションとして使いがちというのもあります。それがエスカレートしてハラスメントになるわけです」

一之宮企画は、どうでしたか? 来栖がそう言って首を傾げる。答えるまでもない。来栖も「答えを聞くまでもない」という目をしていた。

「竹原さんはパワハラ上司の気質を持っていた、もしくは社会人になってからそういう気質を植えつけられた。それが一之宮企画というパワハラが誘発されやすい環境に的確に嵌《は》まってしまった。だから、あなたはパワハラ加害者として第一営業企画部部長という地位を失った」

竹原はいわゆる就職氷河期世代というやつだった。就職活動は地獄だった。一之宮企画に簡単に入れたわけではない。同世代の就活生を蹴落として蹴落として、やっと摑んだ内定だった。あの時代、正社員になることがどれほど大変だったか。どれほどの学生が、キャリアのスタートで躓《つまず》き、そのまま立ち上がれなかったか。

入社後は後輩の数がほとんど増えず、下っ端の時間が長かった。それはつまり、それだけ長く、上司のサンドバッグをしながら働いてきたということだ。

殴られたこともある。土下座もしたし全裸にもなったし、血尿が出て下着を血まみれにしながら出張をしたこともあった。それを悲劇だとも美談だとも思わない。それが〈当然〉だっただけだ。

結婚しなければ一人前になれない気がしたから、上司に紹介された女性と結婚した。大手銀行で事務職をしていた。「私達はそのうち結婚して辞める人間として採用されてるんだもの」と言った彼女は、専業主婦になって子供を産んだ。子供のことは妻に任せ、ただ働いた。息子は今年、大学を卒業してメガバンクに入社した。

誰かに操られてそうなったとは思わない。やはり、〈当然〉だっただけだ。

パワハラと降職のことを聞いた妻は「面倒な時代になったもんね」と呆れ返り、息子はただ一言「大変だね」と言った。息子とはそれ以上話していない。

「さあ、あなたがどうしてパワハラ上司になってしまったのかは、これである程度解明されました。竹原さんはどうしますか？」

来栖の手がテーブルの端に立てかけられた杖に伸びる。ぬるりと立ち上がった彼は、竹原を見下ろした。天井の照明が逆光になり、彼の目元に黒々と影が走った。

「あなたが一度壊した元部下は、新天地で元気に働いてますよ。転職直後に教育係をした上司も『とても真面目で丁寧な仕事をするし、何より他人に対する気遣いがよくできる優秀な社員だ』と言っています。その部下に『使えない』と烙印《らくいん》を押したあなたは、どうしますか？　出世レースから脱落したのは自業自得《じごうじとく》ですが、このままずっと『昔はよかった』と時代に取り残されたまま、仕事に対するやり甲斐《がい》まで失って定年まで過ごしますか？」

カツンと、来栖の杖が鳴る。彼の顔から見事に表情が消え失せた。道端《みちばた》の石でも見下ろすように、淡々と口を開く。

「厳しい時代を歯を食いしばって立派に働いてきた自負があるなら、この程度の社会の変化にぐちぐち文句を言ってないで、生まれ変わってみたらどうですか？」

静かに椅子から腰を浮かしていた。無意識の行動に息を止め、来栖と対峙《たいじ》する。

「あなたの人生、このままでいいんですか？」

「黙れ」

忌々《いまいま》しい男だ。人事部と上層部から呼び出しを受けて「やってくれたね」と不祥事を突きつけられたときから散々「忌々しい」と思ってきたが、この男と出会ってしまったことが文句なしでナンバーワンだった。

「黙りませんよ、あなたは僕の担当する求職者ですから。求職者に臆してＣＡが黙ったら、仕事になりません。あなたは一度は出ていったこの場所に、僕と面談するために戻ってきた。その行動に僕は応えるだけです」

――あなたがほんの一握りでも『パワハラ上司を脱したい』と思うのなら、次は弊社で面談をさせてください。

来栖は確かにそう言った。押しかけられるのが迷惑だから、だから、ここに来た。誰かに自分を変えてほしいだなんて、〈女々《めめ》しい〉理由で来たわけじゃない。

だが、「仕事に対するやり甲斐まで失って定年まで過ごしますか?」という来栖の言葉に――いや、それだけじゃない。彼が竹原に向かって吐き捨てた言葉の数々に、共感でも歓心でも感銘でもなく……名前のつけられない奇妙な感情が芽生《めば》えているのも事実だった。

「間違っていたのはあなたではなく、あなたをそうさせた組織であり、引いては社会そのものだった。そもそも、部下だという理由だけで他人をぞんざいに扱っていいなんて、おかしいでしょう。自分以外の人間に気を遣う、不快にさせないように心がける。そんなの、人として当然の行いですよ」

同じことを、ハラスメント研修で講師も言った。他人を尊重しましょう、と。

こちらが理解していないと、本気で思っているのか。心の底からそう憤《いきどお》った。

来栖が言っていることはほとんど一緒なのに、何故同じことを思わないのか。

「社会は少しずつ形を変えていきますが、過去のあなたを否定するわけではない。否定はしないが、反省くらいはすべきですよ。胸の内で窮屈《きゅうくつ》だと感じるのはご自由ですが、社会の一員として働くのなら、順応しようとする姿勢くらいは持った方がいい。パワハラが当たり前の社会に順応して何十年も働けたんですから、できるでしょ、順応くらい」

ここまでしつこく関わってきたくせに、来栖は興味なさそうに肩を竦める。釣られるように竹原は舌打ちをした。新卒の頃の直属の上司が、気に入らないことがあるとすぐに舌打ちをする男だったのを思い出した。

「竹原さんがその上で転職したいと考えるなら僕は存分にサポートしますが、定年まであと数年、一之宮企画でパワハラを撲滅《ぼくめつ》するために、精々《せいぜい》いい背中を後進に見せるのもアリだと思いますよ」

「転職エージェントが言うセリフか」

「今のあなたを転職させたら、転職先でもパワハラをしでかす可能性があるので、一之宮企画にいるあなたを見張る方が楽だと思っただけです」

だから、転職エージェントが言うセリフかよ。同じ言葉を喉の奥で転がして、溜め息をついてやった。

「不機嫌を振りまいて相手を威嚇《いかく》しない。そういうところから改めた方がいいです」

竹原の溜め息を蹴り飛ばすように、来栖が遮《さえぎ》ってくる。

溜め息は相手に対する威嚇になる。わかっていて、これまで部下を指導するのに使ってきた。かつて上司にそう教えられたからだ。

相手の言葉を奪って、呼吸を乱して、こちらのペースに持ち込み、どちらが優位な立場にあるのかわからせながらコミュニケーションを取る。

それもまたかつて上司の背中を見ながら学んだことだったが、目の前にたたずむ来栖も、同じようなことをやっている。こいつも順応しているのだろうか。足を悪くして、順応せざるを得なくなったのだろうか。

「俺を見張ると言ったな」

「ええ、見張りますよ。手始めに、しばらくの間、僕と定期的に面談していただきます。とりあえず、隔週《かくしゅう》金曜日でどうですか」

「……本気か」

「アンガーログよりよほど効果があると思いますよ、僕との面談は」

初めて、この男の前で寒気がした。肩胛骨《けんこうこつ》のあたりがぞわっと強張った。

来栖の目は、全く冗談を言っていない。

「転職の予定がなくても、定期的にキャリア相談にいらっしゃる方もいますから、その形で僕と会っていただきます。それでもなお竹原さんがパワハラ上司のままだったら、次は足の骨でも折って、僕と同じ生活をしばらくしてもらいましょうか」

杖の柄を指先でコンコンと叩いて、来栖は微笑《ほほえ》む。いいアイデアでしょうと言いたげに首を傾げた彼の黒髪に照明が反射し、白く光った。

本気だった。本気で、こいつは俺の足を折るつもりでいる。

「痛い目を見てなお他人を敬うことができないのなら、強制的に弱者の側に立ってものを考える体験をしていただくしかありません」

「とんでもねえ転職エージェントがいたもんだ」

吐き捨てたら、どうしてだか肩の力が抜けた。抜けてしまった。降参だ、と両手を上げた。そんな気分だった。

全く同じタイミングで、来栖が肩の力を抜いたのもわかった。

「なにを笑ってる」

嘲《あざけ》りでも冷笑でもない。ひと息ついたように目を伏せた来栖に、問いかけた。

「竹原さんに殴られずによかったなと思っています」

「舐めるなよ、この程度で殴りかかると思うか」

不思議なもので、今日一番腹が立ったのはここだった。

「若い頃、もっと屈辱的なことを言われたことも、今思い出しても反吐が出るようなことを強要されたこともあった。この程度であんたを殴っていたら、俺はとっくに刑務所だ」

「そうでなければ、夜のオフィスで竹原さんと二人きりになったりしませんよ」

散々こちらを嘲笑《ちょうしょう》したくせに、くすりとも笑わず来栖は面談ブースのドアを開けた。挨拶をすることもなく、無言のまま竹原はエレベーターに乗り込んだ。

「あんた、いつもこんなことしてるのか。仕事にならんだろ」

〈閉〉のボタンを押しかけて、ふとそんな問いが口から滑り落ちる。

「やるわけないじゃないですか。あなたは特別だっただけです」

「特別？」

「その理由は、あなたがパワハラ上司でなくなったらお話しします」

来栖はそれ以上何も言わなかった。扉が閉まる瞬間まで、頭を下げることもなかった。竹原も何も言わず終わりにした。

エレベーター内に掲示されたフロア案内に、シェパード・キャリアの名前があった。羊飼いの使うフックを模《も》したロゴマークを睨みつけたまま、そういえば「ヒツジ」というあだ名で呼んでいた部下がかつていたことを思い出した。

眼鏡《めがね》をかけた女は鈍臭《どんくさ》いからとコンタクトに変えさせた。出産なんてしたら女はキャリアが終わるぞと教えた。企画書を何度も突き返し、あえて大勢の前で叱責して——仕事を上手いことこなすだけでなく、仕事に対する根性と執念を見せろと腹の底で思っていた。

根性も執念もなくていいでしょ、仕事を上手くこなせてるんだから。脳内に居座る来栖が、そんなふうに顔を顰めた。これは、ちょっとした呪いのようなものをあの男から食らったのかもしれない。

一階でエレベーターを降りた。夜十時を回ったというのに、このビルもまだまだ誰かが働いているらしい。隣のエレベーターが上へ昇っていくのが見えた。

外は、じめっと蒸し暑かった。そうか、もう夏だったか。黄ばんだ夜空を見上げてそう思った。パワハラ騒動がニュースになって約四ヶ月。季節の移ろいをすっかり忘れたまま、ひたすら憤っていたらしい。

短い深呼吸をして、新宿駅に向かって歩いた。反省しているわけではない。だが、憤ってもいない。強《し》いて言うなら、明日から新しい仕事が始まる気分だ。面倒で、わずらわしくて、それでもやらねばならない仕事が。

どうせ加害者なのだ。やったことは消えないし、どうせ誰も許さない。ならば、せめて。

来栖嵐

竹原の乗ったエレベーターを見送り、面談ブースの明かりを消したとき、エントランスのガラス扉が開く音がした。

竹原が戻ってきたかと思ったが、すぐに違うとわかった。

軽《かろ》やかな足音と一緒に、キャリーケースを引き摺る音がしたから。

「……嘘だろ」

堪《たま》らず声に出して、出入口へ向かう。

案の定、そこには来週から東京本社勤務へ戻る予定の未谷千晴がいた。

「あ、やっぱり、来栖さんがいた」

何食わぬ顔で笑う彼女に、無意識に一歩後退《あとずさ》っていた。

「なに、こんな時間に」

「最後の最後まで大阪で仕事を片づけてたら、ずるずると新幹線の時間が遅くなってしまいまして」

「それにしたって、わざわざ会社に顔を出さなくてもいいでしょ。東京勤務は週明けからなのに」

話しながら「まずい」と思った。酷く動揺している。明らかに多くなった瞬《まばた》きを何とか止めようと、強く目をつぶった。

「エレベーターで、誰かとすれ違わなかった？」

彼女の様子からして大丈夫だとわかっているのに、それでも聞いてしまう。

「いえ、誰とも。こんな時間まで求職者と面談だったんですか？」

「会わなかったならいいよ」

胸を撫で下ろしているのが伝わってしまいそうで、慌てて頬に力を入れた。本当に、なんで真っ直ぐ家に帰らなかったのか。

「何を警戒してるんですか」

「一年と少し前の嫌な記憶が蘇《よみがえ》ってるからだよ」

「あああっ、もう、聞くんじゃなかった！」

頭を抱えて地団駄《じだんだ》を踏む彼女に、力んだはずの頬が緩《ゆる》んでしまう。無事に東京に戻ってきて何よりだよ、と言おうとして、何故か笑い出しそうになった。

これは、降参かもしれない。そんなことを思った。

未谷千晴

「――で？」

何度目かの相槌《あいづち》に、来栖がこちらを見下ろした。整った鼻筋に、薄く皺が寄る。

「いや、もう全部話したけれど」

「本当に全部ですね？　このやり取り、すでに三回目ですけど」

自分の家のリビングの壁際に追い込まれた来栖は、口をへの字にひん曲げた。

「本当に全部だよ」

もうこの話は終わりでいいでしょ、という空気を出すものだから、千晴はドンと壁に右手をついた。来栖の体に覆《おお》い被《かぶ》さるようにして、「勝手に終わらせないでください」とすごむ。

こんなことになった経緯は――いつまで遡《さかのぼ》ればいいのだろうか。

来栖の様子がおかしい。天間や横山からそんな話を聞いたのは、九月だった。

以来、この「来栖の様子がおかしい」というのが変に目につくようになった。

営業と共に企業の人事と面談をすることが増えた。横山曰《いわ》く、ハラスメント対策や人材育成の話題ばかりが来栖から出るという。

仕事でもプライベートでも出不精の彼が、夕方に「外で面談がある」と外出し、夜遅くに帰宅する日がある。これは、千晴が彼の家に行くことが増えた結果、気づいた。

何の趣味もない来栖の部屋には、仕事に関連しそうな新書や実用書ばかりが並んでいるのだが、この数ヶ月で「ハラスメント」とか「リーダーシップ研究」とか「人材育成」というワードが並ぶ本が激増した。厚生労働省が出したハラスメント関連の調査書や報告書が、彼のデスクに山を作るようになった。

それについて千晴が何を聞いても「気になったから」とか「特に理由はない」と繰り返し、挙《あ》げ句《く》の果てには「未谷さんの仕事には関係ないから」と言い出す。

残暑という言葉も天気予報からすっかり消え、夜は少し冷え込むようになった十月の半ば、千晴はついに来栖を問い詰めることにした。

きっかけは些細《ささい》なことだった。来栖の家のリビングで千晴は連ドラを見ていて、来栖は千晴の隣で大人しく考えごとをしている様子だった。一応、ドラマ自体は見てはいるようだった。

ドラマが終わったタイミングで、「面白かったですか？」と聞いたら、「この登場人物達、もっと報連相《ほうれんそう》した方がいいよ。あと勢いで退職願を出すのもやめた方がいい」といつも通り素っ気ない感想を述べた。見ていたのはお仕事ドラマでも刑事ドラマでもなく、恋愛ドラマだったのに。

「私に報連相したいこと、ないんですか？」

千晴のそんな問いかけが、試合開始のゴングになった。

彼は手強《てごわ》かった。いつも通り千晴の尋問《じんもん》をかわす彼を前に一時間近く粘った。こちらの様子がおかしいと察した来栖が距離を取り始めたから、リビングを追いかけ回して壁際に追い込んだ。日頃から「未谷さんと喧嘩になったら絶対に勝てない」と言うだけあって、大人しく「降参だ」と両手を上げた。

そこでやっと、来栖は観念して話し出した。

千晴がまだ大阪勤務だった頃、元上司である竹原が求職者としてシェパード・キャリアに現れたこと。随分前にニュースで見た一之宮企画のパワハラ騒動の加害者の一人が、彼であったこと。

来栖が竹原と何度も何度も会い、根っからのパワハラ上司だった竹原を変えようと試みたこと。千晴が東京に戻ってきてからも、定期的に竹原と社外で会っていること。それをこれからも続けていくこと。全部、洗いざらい、来栖は話した。

「私が大阪から帰ってきた日、なんか来栖さんの様子が変だったのは、竹原さんと面談した直後だったからってことですか」

語気が粗《あら》っぽくなってしまった。来栖はふて腐れた様子で「そういうことですね」と肩を竦める。

「アレもコレも全部、なんで私に相談してくれなかったんですか。竹原さんがどんな上司だったか、私ならいろいろ知ってたっていうのに」

最初は心配がほとんどを占めていた胸の内が、話しているうちにどんどん怒りに満たされていく。この人の目に、私はそんなに弱く映っているのだろうか。

「だから、君は知る必要がないからだって何度も言ってるだろ」

うんざりと天井を仰ぎ見ながら、来栖は続ける。

「パワハラで君を退職まで追い込んだ上司のその後なんて、知る必要ないんだから」

「知ったら私がメンタルを病むと思ったわけですか？　トラウマが蘇って、仕事が手につかなくなると？」

来栖の口から竹原の名前が出たとき、確かに胸の奥が強張った。だが、不思議なもので一瞬だけだったのだ。冷や汗が出るとか、指先が冷たくなるとか、そんな自分を想像したのに、すんなり「え、竹原部長ですか？」と声に出せた。

彼の部下だった日々は、すっかり過去になっていた。

「君が強いとか弱いとかは関係ないだろ。単純な話として、パワハラの被害者が加害者のその後なんて知る必要がないってことだ。竹原さんがすべき一番の償《つぐな》いは、被害者の人生に二度と干渉《かんしょう》しないことだ。パワハラの被害者が天間さんだったとしても、横山や広沢だったとしても、俺は相談しなかったよ」

「本当ですかぁ？」

「竹原さんの名前を出したところで、君が不安定になるなんて心配も別にしてない。してたら今だって口を割ってない」

　ぎろりと千晴を睨む来栖の表情は、求職者相手に面談をしているときと同じだった。真剣に仕事と向き合っている顔だ。千晴に追いかけ回されているうちに、ジャケットもネクタイもどこかに行ってしまったのに、態度だけは普段と変わらない。

「ただ、君がそこまで憤るのなら、悪かったと思うよ。未谷さんが知ったら怒るんじゃないかって言ってた天間さんの言う通りだ」

　来栖の様子が変だと天間がさり気なく千晴に伝えてきたのは、いずれこうなることを察していたのかもしれない。

「それにしたって、私とはほとんど外出したがらないくせに、なんでよりによって竹原部長とは隔週で花金《はなきん》にご飯食べてるんですか。場合によっては浮気ですよ」

「じゃあ竹原さんを家に連れ込めと？　この部屋で手料理でも振る舞えと？」

「誰もそんなこと言ってません！　来栖さんが一人で厄介事を抱えてるんじゃないかと、一応は心配したんですよ。来栖さんを助けようなんて思う人、会社にはいないんだから」

「天間さんはちゃんと知ってるよ」

　その天間は、来栖が隔週で竹原と面談することになったと告げると、「来栖さんも物好きですね。僕にはできません」と呆れて笑ったという。あの転職の天使様が。

「次は、相談くらい、してください」

諸々《もろもろ》の感情を押し込んでそう告げると、来栖は意外と素直に「はい、わかりました」と頷いて見せた。棒読みなのは、あえて受け流す。

「君が本気を出すと勝ち目がないとよーくわかったからね」

「ええ、次は遠慮なくタックルしてやりますから」

「足が不自由な人相手によくそんなこと言うね」

壁から右手を離し、来栖を解放してやる。疲労困憊《こんぱい》だという顔で溜め息をつきながら、彼は床に放り投げられたジャケットとネクタイを拾った。

「竹原部長、変わると思いますか」

ああ、今はもう部長じゃないのか。そう思ったら、何故か膝から力が抜けた。艶《つや》やかなフローリングにそのまま崩れ落ちるんじゃないかと思った。

「そう易々《やすやす》と変わるわけない。仕事は毎日するんだ。毎日の積み重ねがパワハラを生む。自分を律しようとしたところで、毎日の積み重ねに簡単に飲み込まれる」

「だから来栖さんが面談し続けるんですか？」

「様子を見ながら頻度《ひんど》は考えるよ。この調子であの人の定年まで会い続けるとなったら、俺はそのうちあの人の奥さんから不倫で訴えられそうだ」

「あと私も大変面白くないです」

千晴の言い方がそんなにおかしかったのか、来栖は笑いながら「お茶淹《い》れてもいい？」とキッチンに向かった。

左足を、ゆっくりと引き摺りながら。

第五話

あなたのキャリアは一生あなたに寄り添ってくれるはずです

二十四歳／女性／化粧品メーカー 広報職

未谷千晴

母の言葉に、思わず朝食のトーストを取り落とした。ジャムがたっぷり塗られた面を下にしてテーブルに落ちたトーストが、べしゃりと音を立てた。

「……え？」

飛び散った苺ジャムを呆然《ぼうぜん》と見つめながら、千晴《ちはる》はシンクで洗い物をする母の背中に向かって首を傾《かし》げた。

「だーかーら、千晴の会社、お母さんも登録しようかなと思って」

この時間の台所は、窓からよく陽が差して明るい。その中で母の声はプリプリと怒りを帯びていた。プリプリという擬音《ぎおん》だと可愛く聞こえてしまうが、これは母が本当に怒っている合図だ。

「私の会社って、シェパード・キャリアに、ってことだよね？」

「あんた、それ以外にどこの会社に勤めてんのよ」

「うち、転職エージェントだけど……」

「だから、話したじゃない。お母さん、仕事したいの」

シンクから響いていた水道の音が止まる。テレビは点いているのに、家中が怖いくらい静かに感じた。

　思えば今朝父は、千晴が欠伸《あくび》をしながらトーストにジャムを塗っている間に「じゃ、行ってきます」と何故《なぜ》か千晴にだけ声をかけて、仕事に向かった。

　まだ七時過ぎだ。父の会社は御茶《おちゃ》の水《みず》にあるのだが、始業は九時からのはずだ。出社には早すぎる。千晴が東京に戻ってきてからずっとそうだったから、仕事が忙しいのだろうと思い込んでいた……どうやら、間違いだったようだ。

「あのう……お母さん、お父さんと何かあった？」

「何よ今更」

　タオルで手を拭きながら、母が向かいの席に着く。

「千晴が大阪から帰ってくるずっと前から、ずーっとずーっと冷戦状態よ」

「……げ、原因は？」

「知らない。もう忘れた。でも、喧嘩の最中にお父さんが『ずっと家にいるんだからそれくらいやっといてよ』って言ったのに未《いま》だに腹が立ってるの。私だって長いことパート勤めしてるってのにさ。あのときのお父さん、誰のおかげで飯が食えてるんだ？　って顔してた」

　母は結婚前、百貨店の婦人服売り場で働いていた。結婚を機に退社して、千晴が小学校に入ってからは近所のショッピングモールにある衣料品店でパートで働いてきた。勤続二十年超の超ベテランだ。

「冷戦状態なのはわかったけど……それがどうしてシェパード・キャリアに登録する話になるの？」

トーストを拾い、テーブルを拭いて、母を刺激しないように恐る恐る問いかけた。

「お父さん、あと四年で定年なのよ？　定年後はずーっと家にいるのよ？　四六時《しろくじ》中《ちゅう》一緒にいるなんて嫌じゃない」

「それって、今のパートを続けるってのじゃダメなわけ？」

「お父さんはね、お母さんを軽《かろ》んじても絶対に離れていかない、離婚されないって思ってるのよ。俺がいなきゃ生活できないって思ってるの」

確かに父はあと四年で定年なのだが、父と同い年の母も今年五十六歳なのである。パート先では大ベテランとはいえ……転職なんて。

「だから、わからせてやろうと思って。転職して自立して、離婚を突きつけてやる」

「いや〜、それはちょっと考えが飛躍しすぎでは……」

トーストの耳を口に押し込みながら、千晴はあえてヘラヘラと笑ってみせた。

「まずはお父さんとちゃんと話し合ってさ、お父さんだって口が滑《すべ》ったと思ってるかもしれないし」

「何よ、大阪転勤だの彼氏ができただので、お母さん達のことなんてずーっと二の次だったくせに」

　母が度々口にする「ずーっと」の語気が徐々に強くなってきた。まずい、これはまずい。彼氏とやらはどこの誰なのか千晴が頑《かたく》なに教えずにいるせいで、この前もちょっと拗《す》ねていたから、余計に。

　いや、だって、ちょっとでも情報を与えたら面倒なことになること間違いなしなのだ。相手が会社の上司で、洋子《ようこ》の部下だなんて。

「いや、いいんだけどね。千晴、もうすぐ三十なんだから、彼氏の一人や二人いてくれた方がお母さんは安心できるんだけどね、夜遅くなろうと泊まりになろうといいですよ。でもちょっとくらいお母さんの話を聞いてくれたって」

　まずいとはわかっているのだが、「ああっ、遅刻する！」と叫んで席を立った。父もこんな感じでどんどん出社時間が早まってしまったんだろうか。

「今日、帰ってきたら話聞くから！」

「いいわよ、今日、あんたのところに面談に行くから」

　投げやりな言葉が飛んできて、何もないリビングの床ですっ転びそうになった。

「で、本当に来るの？」

　真っ先に声を上げたのは千晴の叔母であり、母の妹である洋子だった。

「本当に来そうな雰囲気がビンビンしてた……」

あまりの緊急事態に、会議室に移ることもしなかった。来栖チームの面々が島を作るオフィスの一角で、広沢《ひろさわ》も天間《てんま》も、もちろん千晴も「……どうする？」と両腕を組んだ。他のチームのCAや営業部の社員が聞き耳を立てているのが丸わかりだが、そんなこと構っていられない。

「求職者が身内だった場合、担当はできないよね？」

広沢の視線がこちらに向く。「とりあえず、未谷《ひつじたに》はダメ」と千晴を候補から外す。

その隣で、天間が難しい顔で首を傾げた。

「そもそも、二十年以上パート勤務だった五十六歳の女性となると……未谷さんのお母様であることと関係なしに、難易度がかなり高いです。年齢的な意味でもそうだし、パート勤務をどこまで職歴と捉《とら》えてもらえるか……」

その場にいた全員が押し黙る。転職の天使様が言うのだから、説得力が違う。

「ならばいっそ、社長のこの私が行くか」

洋子が胸を張るが、すぐさま広沢が「社長も超身内じゃないですか」と却下《きやっか》した。

「いやもう、いっそのこと、私と洋子叔母さんとで身内対応をした方がいいんじゃないでしょうか。本当に転職する気があるのか、正直わからないですし」

娘と妹で説得し、お帰りいただく。家族のことは家族でケリをつける。下手にC

A達を巻き込むより、よほどいい。

「まあ……それが一番いいかあ……」

洋子が頷《うなず》きかけたとき、黙って話を聞いていた来栖《くるす》が「そういうわけにもいかないみたいですよ」と自分のノートPCに視線をやった。

「未谷朝子《あさこ》さん、先ほどシェパード・キャリアに本当に登録しています」

広沢と天間が自分のPCを確認した。千晴も同じようにすると、背後から画面を覗《のぞ》き込んだ洋子が「げっ、本当だ！」と叫んだ。

「え、姉さん、本当に転職……っていうか就職する気？　熟年離婚する気？」

呆然《ぼうぜん》と呟《つぶや》く洋子を遮《さえぎ》るように、内線が鳴った。エントランスの受付からの電話だった。聞き慣れた音のはずなのに、無性《むしょう》に嫌な予感がする。

他のチームのCAも誰も電話を取りたがらないから、深々と溜め息をついた広沢が受話器を手にした。

「シェパード・キャリアでございます。ご用件をどうぞ」

声はいつも通りにこやかなのに、頬が引き攣《つ》っている。しかも、それがどんどん酷《ひど》くなっていく。

「……どうする？」

受話器を置いた瞬間、低い声で広沢が唸《うな》った。

「未谷朝子さん、『予約してないけど面談できませんか？』とおっしゃってますが」

うちの母はこんなにフットワークが軽い人だっただろうか。それだけ本気ということだろうか。

もしかしたら、母の怒りを自分は計り間違ったのかもしれない。洋子の顔を窺《うかが》うと、彼女も同じことを思ったのか、目元を強張《こわば》らせたままこちらを見ていた。

カツンと、乾いた音がオフィスに響いた。

「仕方がない、俺が行く」

席を立った来栖に、広沢が「マジか」と目を丸くする。「うちに登録した以上、一人の求職者だろう」と彼は肩を竦《すく》めた。

「五十六歳、パート主婦の就労活動。ついでに社長の姉で社員の母親。俺以外に対応できる人間いるの？」

いつも通りの仏頂面《ぶっちょうづら》で問いかけて、誰も手を挙げないのをしっかり確認して、来栖は杖を携《たずさ》えて歩き出す。少し迷って、千晴はあとを追った。

「来栖さん、念のため私も同席した方が……」

「未谷さん、もうすぐ面談の予定入ってるでしょ」

さらりと言ってのけて、いつも通り面談に向かってしまう。その先で待っているのは、千晴の母だというのに。

杖の音が遠ざかって遠ざかって、聞こえなくなったタイミングで、広沢が再び「マジか」と呟いた。

「……嫌な予感」

思わず、千晴も声に出した。

「転職して結婚したいんです」

面談ブースでの彼女の第一声に、千晴は「はい？」と聞き返してしまった。意識が完全に、来栖と母が面談していると思われるブースに行っていた。

「えーと、宮田《みやた》さんの現在の勤務先は……」

いかん、いかんと手元のノートＰＣに集中する。目の前に座る求職者・宮田姫愛《ひな》の履歴書《りれきしょ》がそこにある。

「葵《あおい》コスメティックスです。入社二年目で、今は宣伝部にいます」

笑顔で答えた宮田姫愛の顔は、同性の千晴から見ても文句なしに可愛かった。これでもかと大きく丸い目に、スッと通った鼻筋に、艶《つや》やかな唇に、不思議なほどサラッとしたアッシュブラウンのセミロングの髪。自分を最も綺麗に見せられるメイクとファッションを完璧に実践している。

「やっぱり、メイクは自社製品を使われてるんですか？　アイシャドウもリップも素敵な色だから」

自分の顔を指さしながら、思わず聞いてしまった。宮田は嬉しそうに「はいっ」と頷いた。

「メインで使っているのは葵コスメティックスのブーケ・ドゥ・ヴァンです。化粧下地だけは実はこっそり他社のを使ってるんですけど、これがブーケ・ドゥ・ヴァンと相性がよくて、発色が綺麗になるんです。パウダーはシャイニーステラの3番、リップはフレンチビューティのスウィートピンク、アイシャドウはロイヤルブライトの冬限定カラーのセイントハレーションです。よければ使ってください。未谷さんにもきっと似合いますよ。私と同じでブルベの夏タイプだと思うから」

品名を挙げながら流暢《りゅうちょう》に宮田は説明した。単品ですすめるだけでなく、パウダーやリップも一緒に紹介するあたりが上手い。ほしくなるし使いたくなる。

「コスメやメイクがお好きなんですか？」

「はい、ブーケ・ドゥ・ヴァンは可愛いと格好いいが綺麗に合体してる感じが、学生時代からすごく好きなんです。バイト代を奮発《ふんぱつ》して買う特別なコスメっていうか。新商品が出るたびに買って、発色とか使用感をレビューしまくってました。参考になる〜って友達からも好評だったんですよ？」

ふふっと笑いながら見せられたスマホには、ＳＮＳのアカウントが表示されていた。大学卒業期に更新はやめたようだが、ブーケ・ドゥ・ヴァンを含めた大量のコスメの写真がアップされている。

「これをきっかけに、化粧品メーカーに？」

「真っ先に葵コスメティックスの採用試験を受けて、今も宣伝部ではブーケ・ドゥ・ヴァンの担当チームにいるんです」

笑顔で話す宮田に、千晴は「じゃあ……」と慎重に切り出した。

「転職したいと考えた理由は？」

転職を決め込まずキャリア相談という形で面談に来る人も多いのだが、宮田の面談予約には、はっきりと「転職希望」と書いてあった。

学生時代から好きなブランドの宣伝チームにいるのに、転職したい理由とは——。

「私、早く結婚したいんです」

友達と恋バナでもするみたいに、宮田はふふっと笑いながら話し出した。淡いピンク色のチークが、彼女の顔をより華やかにする。

「二十代のうちに絶対って思ってるわけじゃないんですけど、いい人を捕まえるなら、若いうちから頑張っておいた方がいいじゃないですか。でもうちの会社、女性が多い上に、年上の男性社員は既婚者ばっかりだし、同期や歳の近い男の先輩は、結婚願望が控え目だし、いつも女性社員の顔色窺《うかが》っててなんか頼りないし」

宮田の顔を見つめたまま、堪《たま》らず千晴は「はあ……」とこぼした。

「それは、転職活動をするより、結婚相談所に登録する方がいいのでは」

「もちろん、結婚相談所にも行ってます。担当の方に『二十代前半なら選択肢がたくさんありますよ！』と褒《ほ》められました。でも、結婚相談所で本当にいい人と出会えるかわからないじゃないですか。職場とか仕事関係の繋がりで知り合う選択肢も取っておきたいんです」

「それこそ、今の職場で働きながら、出会いを待つというのがいいのでは？」

慎重に言葉を選んだのだが、宮田は両腕を組んで視線を泳がせ、「なるほどですね」と頷いた。

「でも、うちの会社、そういう雰囲気の職場じゃないんですよね。女性社員の目が仕事に燃えてるっていうか、結婚して誰かに支えられながら生きようとか思ってないんで！　みたいな感じというか」

「あの、そもそも宮田さんは、どうしてそんなに結婚したいんですか？」

〈そんなに〉というのは余計だったかと息を呑んだが、宮田は気にせず続けた。

「だって、一人で生きていくのって怖くないですか？」

「ええ、まあ、はい……」

「私、自分がそこまで仕事ができる人間だと思ってないし、一人で自分の人生を面倒見切る自信がないっていうか。だから、頼れるパートナーと支え合いたいんですよ。うち、両親が昔から仲良しで、私も小さい頃の将来の夢が〈お嫁さん〉だったんです。別に専業主婦になりたいわけじゃなくて、共働き希望です。でも、仕事に生きたいわけでもないんで、今の会社はちょっと違うなと思って。正直、葵コスメティックスと同じタイミングで内定をもらった銀行の方に入社した方がよかったのかなーって最近は思ってます」

「銀行、ですか？」

宮田が口にした銀行名は、都内ならあちこちに支店のあるメガバンクだった。

「総合職じゃなくて一般職での採用だったんです。その銀行の一般職の女子は、総合職の男性社員のお嫁さん候補で、みんなさっさと結婚して寿《ことぶき》退社する〜って口コミサイトに書いてあって。大学の同期の子は『昭和じゃーん』って嫌がってたんですけど、私は別にいいやって思ってて。でも、銀行の一般職より葵コスメティックスの総合職の方がお給料よかったし、コスメ好きだし、こっちを選んだんですよね」

趣味に関連する企業に入社したものの、いざ働き出してみると「別に仕事にしたいわけではなかった」と気づいて転職活動を始めるというのは、二十代の求職者にはよくあることだ。千晴だって何人もサポートしてきた。

でも、多くの求職者は「自分が本当に働きたい業界へ行きたい」もしくは「自分が本当は何がしたいのか考えたい」と言うところを、彼女は「転職して結婚したいんです」ときた。

残念ながら、シェパード・キャリアの求人データベースを探したところで、「弊《へい》社《しゃ》は結婚しやすい職場です」なんて謳《うた》っている企業はない。

「ちなみに、宮田さんが求める新しい会社の条件をお聞きしてもいいですか？」

「はっきり言ってしまうと、女性社員がバリバリ働いてます！　って会社じゃなくていいんです。女性管理職がいっぱいいます、みたいなのも求めてないです。むしろ高スペック男子がいっぱいいる職場希望です」

伝えるべきことは伝えたとばかりに、宮田は満足げに頷いた。そのまま千晴の顔を凝視《ぎょうし》したと思ったら、「私の転職理由にドン引きしてます？」と首を傾げる。

「いえいえ、そういうわけじゃないんです。珍しいなと思ったのは事実ですけど」

「なるほど。なら、よかったです」

安心したように笑った宮田は、そのまま「未谷さん、そのチーク、どこのですか？」と聞いてきた。

どこのブランドのリップが発色がよくて色落ちしないとか、どこのマスカラがコスパ抜群だとか、この冬オススメのネイルカラーはこれだとか。聞いてもいないのにコスメの話ばかりをして、宮田との面談は終わってしまった。

どうしたものか、と困惑しながら彼女をエントランスで見送ったとき、聞き覚えのある……ありすぎる声が面談ブースから聞こえてきた。

「それじゃあ、よろしくお願いしますね。私も根気強く頑張りますから」

グレーのジャケットに黒のスカートで現れたのは、間違いなく母だった。こんなフォーマルなセットアップを着ているのを見たのは、一体いつ以来だろう。

「あら千晴、お仕事ご苦労様」

どこかスンと澄ました様子で笑った母に、堪らず駆け寄った。

「……お母さん、本当に転職エージェントに登録するとか、何考えてるの」

「あら、仕事を探すんだから登録するでしょ。自分で探すより効率がいいんだって、千晴もよく言ってるじゃない」

「いや、そうなんだけど……お母さんの年齢じゃそもそも選択肢どころか採ってくれる会社がないって。自分の年齢と職歴を考えなよ」

母が明らかにムッとしたのがわかった。わかったが、娘である自分が言わなくてどうする。こんなこと、CAが口にできるわけがないのだから。

「うわ、姉さん、本当に面談してたのね」

面談が終わったのを嗅《か》ぎつけたのか、オフィスの方から洋子が小走りでやって来た。千晴に向かって「どうなの、どうなったの」と矢のような圧でアイコンタクトを取ってくる。千晴は小刻みに首を横に振った。

「姉さん、どうせ照和《てるかず》さんと喧嘩して意固地《いこじ》になってるんでしょ？　転職なんて言ってないで、まずは照和さんとちゃんと話し合いなさいよ」

洋子が父の名前を出して宥《なだ》めるも、どうやら悪手《あくしゅ》だったらしい。母は余計にムッと顔を顰《しか》めてしまった。

「なによ、千晴も洋子も二人して、私に働くのは無理って」

「いや、だからさあ、お母さん……別に無理とは言ってないじゃない。現にパートで働いてるしさ。でも正社員を目指すとなると話は別だよ。いくら人手不足だからって、三十年近く主婦だった人を採ってくれる会社なんて」

「なんで人を三十年も無職だったみたいに言うのよ」

あ、まずい、地雷を踏んだ。これが求職者相手だったらこんなこと絶対に言わないのに、相手が母だからって強く出過ぎた。

「姉さん、別に千晴だってそういう意味で言ってるんじゃなくてさあ……」

「洋子はいいわよ、ずーっと働いてるんだもの。ずーっと働き続けられたんだもの」

今朝に続いて、母の「ずーっと」に力がこもっている。これは爆発寸前だ。

「別に私が姉さんの仕事を辞めさせたわけじゃないでしょうに。姉さんが自分で辞めたんでしょう？」

「私だってねえ、辞めないでいいなら辞めなかったわよ。百貨店の仕事、楽しかったもの。でもあの頃は、結婚したら辞めるものだったんだもの。子供産んで戻るにしても、パートで戻るものだったの。正社員じゃ戻れない時代だったって、洋子だって知ってるくせにさ」

——え、じゃあ私のせいだって言いたいの？

そんな問いかけが……火に油を注ぐ一言が喉まで出かかったとき、「あの」と怖いほど冷静な声が飛んできた。

「エントランスですので、親族会議は場所と時間を改めてやっていただけますか」

母の後ろで気配を消していた来栖が、左手をすーっと掲げて、そう言った。どことなく頬がげっそりして見えた。

「未谷朝子さん、お二人が思っている以上に離婚願望がありますよ。ていうか自立したい願望ですね。結婚からこれまでの長年の旦那さんへのストレスが爆発していますす。娘さんが生まれたときの旦那さんの対応がどうだったとか、何十年前にこんなことを言われたとか、掘れば掘るほど出てきます。ていうか自分で掘って次々出してきます。年齢的にもキャリア的にも厳しい就職活動になるという話をしても折れませんでしたし、何を言っても『定年後のお父さんと毎日顔を合わせて生活するなんて嫌』『あの人を見返してやるんだから』を原動力に跳ね返してきます」

一気に話しきった来栖は、浅く溜め息をついた。千晴と洋子と来栖、三人しかいない会議室に、シンと響き渡る。

「あの、来栖さん……いつも言ってるアレ、お母さんにも言ったんですか……？」

「転職限界年齢の話も悪徳エージェントの話もしたよ。『でしょうね』って顔で受け流すんだから感心した」

簡潔に説明しているが、母の胸の内を摑むまでかなりのやり取りがあったのだろう。テーブルに頰杖《ほおづえ》をついた来栖は、うんざり気味に洋子を見た。

「どうしますか？　本人に働きたいという意識がある以上、サポートは可能だと思いますが」

「来栖……本気で言ってる？」

「俺は社長や未谷さんと違って、未谷朝子さんとは他人ですから」

「ブランクの長い専業主婦やパート主婦の再就職が難しいこと、ＣＡなら重々承知してるわよね？」

かしこまった口調で問いかける洋子に、来栖はいつも通り淡々と頷いた。

「家庭に入って家事や子育てに専念していた時間を経歴の空白——事実上の無職と捉えられてしまうことが多いですし、前職での経験も『古すぎて使い物にならない』と判断される可能性が高い。現場の管理職が自分より年上の部下を嫌がること も多いですし、採用した以上長く活躍してもらいたいと思うのが人事部の本音です から、年齢はどうしたって注視されます」

「姉さんは、その全部が当てはまってる」

「そうですね。ご本人は、昔働いていたときのように百貨店でアパレルの販売をし たいそうです。購買層の年齢が高いブランドならお客様と年齢の近い販売員が求め られるはずだ、と言っています。現在パート勤務しているショッピングモールの衣 料品店もいつまで自分を雇ってくれるかわからないし、年下の社員やパートがどん どん増えて肩身が狭いと。難しいのは承知していますが、働きたいと言っているん ですから、CAが応えないわけにもいかないでしょう」

腕時計を確認した来栖が「面談です」と席を立った。その素《そ》っ気《け》ない立ち振る舞 いに「あ、この人、本当にお母さんを担当するつもりだ」と察した。

来栖が退出した瞬間、洋子が「参ったわね」と呟いた。

「ねえ千晴、会社でこの話をするのもどうかなと思うんだけど、あの男、今あなた の彼氏なのよね？」

本当に職場で話すのもどうかと思ったが、千晴はゆっくり頷いた。「……一応」 とつけ足さずにはいられなかった。

宮田姫愛

ブーケ・ドゥ・ヴァンのクリスマスコフレの予約が好調らしい。

営業部と宣伝部の合同ミーティングの片隅で、資料に目を通しながら宮田姫愛は「なるほどですね～」と鼻を鳴らした。うんうんと大袈裟《おおげさ》に頷いて、「資料を読んでますよ～理解してますよ～いろいろ考えてますよ～」と周囲にアピールする。

ブーケ・ドゥ・ヴァンの宣伝チームには、姫愛と同期の子はいない。一番歳の近い社員でも五歳上で、みんなメイクもファッションも毎日完璧《かんぺき》に仕上がっていた。なんというか……武装しているのだ。会社で、社会人として戦うために、自分の好きなコスメと服で武装している。

「企画部と連携して思い切ってコンセプト変更をしたのが当たりましたね」

「やっぱりさー、クリスマスコフレって自分のために買うものでしょ？『誰かに見せる可愛い』じゃなくて『自分のための可愛い』が絶対に響くと思ったの」

宣伝部のお姉様方は、営業からの売上報告に満足げな様子だった。

クリスマスコフレは特別なものだ。特別なデザインのポーチにクリスマス限定の特別なコスメが敷き詰められた、年に一度しか手に入らないオンリーワンな商品。

ブーケ・ドゥ・ヴァンのクリスマスコフレは毎年とても力が入っていて、限定品なのが惜しいほどの可愛いデザインと高品質の商品がセットになっていた。

だからこそ、大学生の頃の姫愛は憧れた。

クリスマスコフレのためにバイトを頑張って、心を躍らせながら予約し、ワクワクしながら届くのを待った。限定デザインのポーチにコスメが敷き詰められているのを、数日はうっとり眺める。使うのがもったいないと思いながら、ここぞというときにその特別なリップやアイシャドウの蓋《ふた》を開けた。

その日はいつもよりシュッと背筋《せすじ》が伸びて、気分が上がる。メイクをしただけで自分が素敵な存在にレベルアップできた気がする。

でも、それは自分がただの消費者だった頃の話だ。

クリスマスコフレは薄利多売だ。年に一度、クリスマスのためにデザインを考え、作り、しかも使うのは一度きり。売れなければ話にならない。

企画はその年の春に動き出し、消費者が心を躍らせて予約する頃にはとっくに別の商品のプロモーションが動き出している。商品を手にする頃には、ワクワクなどとうに色褪《いろあ》せている。

「部長の口出しを阻止して正解だったと思わない？」

ミーティング終わり、ふっと空気が緩んだ会議室の一角で、大きく伸びをした宣伝チームのお姉様の一人がそう呟いた。

「部長の指摘を全部反映してたらさ、ピンクにハートにフリルまでついたブリブリのデザインだったよ？　『もっと可愛く』『もっとメインターゲットの女性に好かれる感じで』しか言わないんだもの」

「本当にね、あなたの〈可愛い〉も〈女性に好かれる〉もだいぶ古いよ？　ってそのうち直接言ってやらないと」

お姉様方は一様に顰《しか》めっ面《つら》だった。意識が低くて、センスが悪くて、ついでに頭も悪い。そんなものを前にしたような顔。

「『大好きな彼に愛される私♪』なんてキャッチコピーを大真面目につけてた時代の人だからね」

お姉様方に「なるほどですね～」と相槌《あいづち》を打ち、姫愛はそーっと気配を消した。

ちなみに、宣伝部の部長は五十代の男性である。ブーケ・ドゥ・ヴァンの近年の宣伝方針に「ターゲットに近い君達がやることに文句はつけないから」と言いつつ、恐らくあまり理解はしていない。

噂では、姫愛が入社する数年前にお姉様方が「部長の価値観じゃブーケ・ドゥ・ヴァンは誰にも見向きされなくなりますよ」と部長を閉め出したらしい。

別に、嫌な人ではない。優しいし気さくだし、若手社員の話もちゃんと聞いてくれる。部長としてちょっと意見を出しただけで（仮にそれが的外れだったとしても）、あんなに嫌な感じで話さなくても……と思う。

でも、結果としてブーケ・ドゥ・ヴァンの売上は軽やかに右肩上がりを続けているのだから、お姉様方の戦略は見事に当たったわけだ。事実、姫愛はその頃にブーケ・ドゥ・ヴァンと出合い、魅了された。

でも、別に……私はピンクもハートもフリルも、なんなら「大好きな彼に愛される私♪」も、そんなに悪くないと思っている。

そんなことを言おうものなら、お姉様方はさっきと同じ顰めっ面をする。

「今日の議事録、書いておきます～」

お姉様方の会話を邪魔せぬよう、ノートPCを手にそそくさと会議室を出た。語《ご》尾《び》を伸ばすのは子供っぽいからよくない、と入社直後に注意されたのを思い出してヒヤリとしたが、幸い「はーい、よろしくね」と手を振られただけだった。ホッとひと息ついて、姫愛は自分のデスクで議事録を作り出した。

余計な口を出さないようにしていた。仕事中に下手に意見を言うと、お姉様方が部長に向けるような顰めっ面を――意識が低くて、センスが悪くて、ついでに頭も悪い人を前にしたような顔を、されてしまうから。

入社一年目の頃、先輩が会議に出した企画を褒めようとして（事実、姫愛だっていい企画だと思ったのだ)「部長におねだりして絶対に実現しましょう!」と言ったら、会議室の空気がサーッと冷えた。目に見えるくらい、はっきりと。

「いや、仕事ってそういうのじゃないから」

お姉様の一人にそう注意されて、「なるほど~」としか返せなかった。

今ならはっきりわかる。アレは「あ、ちょっと頭の足りない子が入ってきちゃった」という空気だ。

入社して半年ほどの頃だろうか。社内向けのプレゼンで登壇者の大役をこなしたら、概《おおむ》ねよくできたと褒められつつ、最後に「ああいう媚《こ》びた感じの話し方はやめた方がいいよ」とアドバイス……いや、注意された。「愛嬌《あいきょう》があってよかったよ」と褒めようとしてくれた部長が、そっと目を逸らしたのにも気づいた。

別に、男の人に媚びたりぶりっこがしたいわけじゃない。ただ、自分が気に入られたいと思う人には、ちゃんと気に入られたい。

でもどうやら、誰かに好かれようとか愛されたいとか、そういう考え方は、この職場では幼稚で浅はかなものらしい。自分が自分を愛していればOKで、自分への愛と自信と誇りで武装して、バリバリ働いて、自分の足で自分の人生を支える。そういうお姉様方ばかりだった。

「姫愛ちゃん、婚活してるって本当？」

唐突《とうとつ》にそんなことを聞かれたのは、お姉様方にランチに連れていってもらったときだった。

「あー……はい、してます。結婚相談所に登録して」

野菜がたっぷり添えられたガパオライスを口に運びながら、他部署の同期にしか話してないのにな、と頬が強張《こわば》る。一体、どんなルートで宣伝部まで話が飛んできたのだろう。

「すごいねー姫愛ちゃん。まだ焦《あせ》らなくてもいい年なのに」

「こら、焦る・焦らないもないでしょ。結婚なんて、するもしないも個人の自由なんだから」

「えー、だって、姫愛ちゃんはしたいから婚活してるわけじゃないですか。私だって結婚する必要は感じないけど、いい人がいればしたいくらいに思ってますし」

彩《いろど》り鮮やかなエスニック料理を囲んでそんなやり取りをするお姉様方を前に、「なるほど〜」と愛想笑いをしながら話題が過ぎ去るのを待った。

お姉様方のアイシャドウは、偶然にもみんな同じ色だった。ブーケ・ドゥ・ヴァンの人気商品・ロイヤルブライトの冬限定カラー。姫愛が使っているのはピンク系統なのだが、宣伝チームではパープル系統が圧倒的に人気だった。今朝、お姉様方が揃って「やだー、今日はみんなパープルだね」と笑い合っていた。

そのパープルに染まった視線が一斉に自分に向くのが、ちょっと、怖い。

婚活よりまず仕事を頑張りなよ。

あー、結婚すれば幸せになれると思ってるタイプかー。

もしくは女は結婚するものって思い込んだまま目を覚ませてない子か。

誰もそんなこと言っていないのに、そう言われている気がする。ほんのりチリソースの香りが漂《ただよ》うテーブルを流れた短い沈黙の中で、確かに聞こえた。

ここは、私のいる場所じゃないんだよな。ランチセットについてきたスープを飲みながら、肩を落とすのをなんとか我慢した。

「いやー、どうなんでしょうね。お母さんは婚活に賛成してくれるんですけど、お父さんは『仕事もひよっこなのに婚活なんて甘い！』って言うんですよ～」

あはは～、と馬鹿の振りをする。お姉様方も笑う。話題は他のものに移る。

父が「もっと仕事ができるようになってから結婚を考えたらどうだ」と言ったのは事実だった。でも、お姉様方の笑い声に、やっぱり「仕事も碌《ろく》にできないのに婚活してるなんて」と言われてる気がしてくる。

どうして、お姉様方はこんなに自分に自信があるのだろう。結婚なんてしなくても生きていける。人に好かれる努力をしなくても、自分が自分を好きなら大丈夫。

そんなふうに何故思えるのだろう。

少なくとも、私は違う。自分の力だけで、幸せになれるなんて考えられない。なら、二十代のうちに婚活を頑張った方が、よほど勝算がある。

未谷千晴

「とにかく、お母さんに謝った方がいいよ」

玄関の姿見《すがたみ》で髪型をチェックしていた父に、千晴は小声で話しかけた。詳しく話さなくても事情を察したらしい父は、うんざりした様子で肩を落とした。

「千晴の会社に面談に行ったんだって？」

台所の母に聞こえないよう、父も小声で返してくる。

「面談した上司がさ、お母さんは結構本気だって言ってるの。だから、とにかくお父さんが謝らないと収まらないよ」

「あのねえ、お父さんも手を替え品を替え謝ってるんだからな？　こんな朝早く出勤するの、そろそろしんどいんだから……」

千晴が大阪から帰ってきた頃にはもう朝七時過ぎに家を出る生活が始まっていたから、かれこれ四ヶ月ほど父は無駄に早く出社していることになる。

「えー、本当に謝ってるのぉ？」

「謝ってるさ。日曜に家にいても気が休まらないから、『いい加減、仲直りさせてもらえないか』って頭を下げたよ」

「お母さんは？」

「『都合が悪くなったからって急にしおらしくなって』って言われておしまいだ」

「きっかけは？　お母さんは『ずっと家にいるんだからそれくらいやっといてよ』って言われたって」

せっかく整えた髪をガリガリと書きながら、父は天井を仰ぐ。その視線が、廊下の照明へ移っていく。

「日曜日の朝に叩き起こされて、ここの電球を替えてくれって言われて、思わず。別に椅子を出してくれれば母さんでも届くじゃんって思っちゃって」

あー、もう、と嘆きたいのを必死に我慢する。今更どうこう言ったたって、時間は戻らない。父もまずいと思いつつポロッと言ってしまったのだろう。

そのポロッと出た文句が、母の怒りのゲージを限界突破させてしまった。

台所から母の声が飛んできた。二階に向かって「千晴ぅー、起きてるのー？」と呼びかけるのに合わせ、父はわざとらしく咳払《せきばら》いして、玄関のドアを開けた。

「就職なんて今更無理なんだから、そのうち静かになるだろ」

「もう、そういうところだよ、仲直りが進まないの」

深々と溜め息をつき、千晴もそそくさとダイニングに向かった。さも今起きましたという顔で、テーブルに用意された朝食に飛びついた。

「お母さん、あのあと来栖さんから求人送られてきた？」

味噌汁を飲みながら、素知《そし》らぬ顔で問いかける。炊飯器の釜を洗いながら、母は思ったより軽やかな反応をした。

「なんかね、闇雲《やみくも》に応募してもいい結果は出ないだろうから、まずはお母さんの条件でならどういう会社で働けるかを考えましょうって言われたの。来週また面談に行く予定。あの来栖さんってＣＡさん、無愛想だけど対応は丁寧な人ね」

わかる。同じＣＡだから、そう対応するしかないのが、よくわかる。

「あのさあ、お母さん」

焼き鮭を口に運びながら、千晴は母の背中を見つめた。感謝してるのよ、朝ごはんを毎日用意してくれるのも、全部全部、感謝してるのよ。そう言い訳しながら、奥歯を嚙む。

「そのやり方ってさ、スペックの釣り合わない仕事を希望する求職者の頭を冷やすためのあるあるなんだよ。ＣＡによっては、そうしてる間に気が変わってくれないかなとか、他のエージェントに行ってくれないかなって祈ってるよ」

釜をスポンジで擦《こす》る母の手が止まった。「何よ、もう」とまたプリプリ怒り出すかと思いきや、少しの沈黙ののち、母は再び手を動かし始めた。

「そう」

返事は、たったそれだけ。ぞわっと背筋が強張ってしまった。食べるペースを上げて、食べ終えた食器をシンクに運んだ。母はいつも通り「ありがと」と言った。

爆弾に触れるようにそっと「いってきまーす……」と声をかけて、家を出た。父が出社時間をどんどん早くしていった気持ちが、よくわかってしまった。

「これは……どうしたものか……」

駅までの道を歩きながら、思わず声に出した。これで千晴まで母と断交となったら、もう誰も母を止められない。

唐突にスマホが鳴ったのは、駅で電車を待っているときだった。電話だった。相手の名前を見て、思わず「嫌な予感！」と呟いてしまった。

『――あ、未谷さん、朝早くに失礼いたします。八王子《はちおうじ》でございます～』

二年ほど前に転職のサポートをした八王子正道《まさみち》だった。転職を繰り返して「転職王子」なんてあだ名までついていた彼だったが、紆余《うよ》曲折《きよくせつ》を経て今は独立して不動産会社の経営者になっている。

一人で始めた会社は、たった二年で従業員を複数雇うほどになった。こうしてときどき千晴に連絡してきては転職エージェント絡みの新しいビジネスの話をしてくるし、純粋にマンションを買わせようともしてくる。

「八王子さん、ご無沙汰《ぶさた》してます。東京に帰ったら一度ランチでもってお話ししてたのに、あっという間に秋になっちゃって恐縮です」

『いえ、お仕事が忙しいのは何よりです。巡り巡って弊社の利益にもなりますから』

機嫌よく弾《はず》む語尾から、「稼いで稼いで、いつか僕からマンションを買ってね♪」という声が聞こえてきそうだった。

『今日はちょっと、未谷さんにお聞きしたいことがあって思わずお電話しちゃったんです。思い立ったらすぐ行動したくなっちゃうんですよ、僕』

「ええ、よーく知っておりますとも」

それで、ご用件は？　千晴が問いかけるより先に、八王子は話し出した。

『僕ね、この二年弱、来栖さんにマンションのご案内をしてたんですよ。あの方の人生プランはわかりやすいから、こちらとしてもいい物件を紹介しやすくて』

仕事以外、碌に趣味のない男だ。八王子からすれば時間をかけて丁寧に対応すれば、契約まで持っていく自信があるのだろう。

『いろんな物件を紹介しましてね、僕と来栖さんの間でもかなり擦り合わせができてたんですよ。この前ついにコレだって物件が出まして、すぐさま来栖さんに案内したんです。そしたらなんて言ったと思います？』

「えーと……なんと言ったんです？」

『事情が変わる可能性があるから、これまでの打ち合わせはすべて白紙にしてほしい、って言うんですよぉ！』

意地悪く笑う来栖が浮かんでしまって、思わず声を上げて笑ってしまった。

『こういうとき、僕みたいなできる営業マンは考えるんです。何故心変わりが起きたのか。僕の見えないところで仕事や私生活に変化があったに違いないって。来栖さんが人生プランをどう変えたのか、わからないと次の案内もできませんから。だから朝も晩も来栖さんについて考え、寝ても覚めても考え、先ほど、朝食のあとにアールグレイを楽しんでいて、ふと気づいたんですよ』

はあ……とぼんやりした相槌を打つと、八王子はおもむろに千晴の名前を呼んだ。ものすごく、意味深《いみしん》に。

『未谷さんが東京に戻ってきたんですよ。来栖さんが人生プランを変えたちょうどその頃に』

ホームにもうすぐ電車が来るとアナウンスが入った。いつも聞いているアナウンスなのに、今日は、異様に大きく聞こえた。

『未谷さん、来栖さんとお付き合いされてませんか？　してます？　してますよね？　結構真剣にしてますよね？　それ以外に考えられないんですよ。来栖さん、仕事しかしてなくて人生プランを変える理由がなーんにもないんですもん。未谷さんの帰京だけなんですよ、来栖さんの周囲で起こった変化って』

そうなると僕としては次の作戦に移りたいのでぜひ一度未谷さんと——まだまだ話を続けそうな八王子に、千晴は慌てて「あああっ、電車が来ますので！」と叫んだ。直後、電車がホームに入ってくる。「私、嘘ついてませんからね！」とその音を八王子に聞かせながら、千晴は電話を切って電車に乗り込んだ。

「これは……どうしたものか」

電車のドアに額《ひたい》を押しつけて、もう一度呟いた。

宮田姫愛

「あ、もしかして、今日は交際相手とのデートってやつ？」

一緒にオフィスを出た先輩に、エレベーターの中でそう聞かれた。

この場合の〈交際相手〉というのは恋人ではなく、結婚相談所でマッチングした相手のことだと、すぐにわかった。

「えー、わかりました？」

「わかるよ。今日は絶対に定時上がりしたいって言ってたし、なんかメイクもいつもより気合い入ってるみたいだし」

目元や頬、リップを順番に指さす先輩に、あえて大袈裟に「わかりますぅ？」と頬に手をやって首を傾げる。

「新色似合ってるよ、いい感じ。頑張って」

先輩とは会社を出てすぐのところで別れた。毎週金曜日は、定時上がりをしてジムとサウナで汗を流すことにしているのだという。それで一週間分の仕事のストレスを吹っ飛ばすのだとか。

電車を乗り継いで、新宿で降りた。駅のトイレでリップを直しながら「デートじゃないし」と無意識にこぼしていた。

今日定時上がりをしたかったのは、七時からシェパード・キャリアで面談があるからだ。結婚相談所でマッチングした相手とは先週末にお茶をしたけれど、いわゆる仮交際というやつには進まなかった。条件はよかったけれど、単純に話していて楽しくなかったのだ。

「今日は定時に上がりたい」と事前に宣言すれば大概《たいがい》六時には上がらせてもらえる職場なのはありがたい。お姉様方もそれを最大限活用して、ジムやらサウナやら英会話やら恋人との食事やら、自分の時間を充実させている。

でも。

「定時に上がりたい理由なんていくらでもあるのに、なんで私の場合は〈交際相手とデート〉になるかな」

それに、今日のメイクは特別気合いが入っているわけではない。いつも通りメイクをしただけだ。

ということは、先輩は姫愛のメイクをいちいち認識していないということだ。脳の容量を使って記憶するほどの存在ではない……そう思っているのかもしれない。

鏡の中の自分がどんどん不細工になっていく。卑屈《ひくつ》で陰気な顔だ。リップを塗り直し、頰に軽くパウダーをはたいて、シェパード・キャリアに向かうことにする。

一日働いてきたはずなのに、足取りは意外と軽かった。すっかり日の入りが早くなって、夜は冷え込むようになった。高層ビルの明かりすらひんやりして感じられて、その向こうで都庁が威圧的な紫色にライトアップされていた。

何かの色に似ていると立ち止まりかけて、ブーケ・ドゥ・ヴァンのアイシャドウの冬限定カラーだと気づく。お姉様方に大人気のパープル系の色が、あのライトアップにそっくりだ。

会社では転職活動をしているとは誰にも言っていない。不思議なほど後ろめたい気分になって、姫愛は早足でお目当てのビルに足を踏み入れた。

エレベーターホールに一人の男がいた。到着したエレベーターに乗り込むと、ドアを開けて姫愛が乗るのを待ってくれた。

濃紺のスーツを着込んだ男性の右手には、木製の杖があった。

集荷《しゅうか》に来たのだろうか、配達業者が空の台車を押しながら姫愛と一緒に乗り込んでくる。四階で降りた配送業者の台車の端が、スーツの男性の杖を引っかけた。

支えを失った男性の体が、カクンと左右に揺れる。

「あ」

咄嗟《とっさ》に前に立つ男性の腕を摑んだが、彼は転ぶこともバランスを崩すこともなかった。慌てて謝罪する配送業者に優雅に一礼し、エレベーターの「閉」のボタンを押した。

「すみません、ありがとうございます」

上昇を始めたエレベーターの中で、男性は一礼してきた。彼の横顔を確認して、

「あ、結構イケメンかも」と思った。華やかなタイプじゃないけれど、仕事ができそうな雰囲気がする。

「こちらこそすみません、余計なお世話でした」

「いえ、助かりました」

くすりとも笑わずそう言った男性の肩越しに、操作盤を見た。ランプが灯《とも》ってい

る階は、シェパード・キャリアのある十二階だけだった。

「転職の面談ですか？」

沈黙と浮遊感に包まれる中、洞窟を覗《のぞ》き込むように問いかけてみた。こちらを見下ろした男性は、無表情のまま姫愛の顔を凝視した。

「七時から面談の、宮田姫愛さんでしたか」

姫愛が「え」と声を上げる前に、男は「未谷の上司の来栖です」と名乗った。スーツのポケットから、社員証を出して見せてくる。

「でも、どうして私の名前を」

「面談に来る方のプロフィールと経歴はすべて確認しているので。お顔も履歴書の写真で」

ああ、なるほど。呟くのと同時にエレベーターが十二階に着いた。

「どうして転職されたいんですか」

エレベーターを降りながら来栖が聞いてくる。視線は、ホールに掲げられたシェパード・キャリアのロゴマークを見つめている。

答えなんてもう知ってる。そんな顔に見えた。

「あー……もしかして、私の転職理由って、社内で馬鹿にされてる感じですかね」

あはは、なんて笑い声がこぼれてしまう。転職したい理由を話したときの未谷のキョトンとした顔を思い出した。面談後に、あの人もお姉様方のように私を馬鹿にして笑ったのだろうか。

「いえ、転職したい理由なんて、百人いれば百通りありますから。いちいち馬鹿にしたり呆れたりしていられません」

「そうなんですか」

今、淡々と毒を吐かれたような気がしたけれど、こちらの自意識過剰だろうか、被害妄想だろうか。

「ただ、僕から一つアドバイスをするとしたら、ご自分がどうして転職したいのか、結婚したいのか、そこにある感情をもう少し整理した方がいいですよ」

「なるほど、感情ですか」

わかっていないのに、わかっているかのように答えてしまった。

どうやら、この来栖というCAにはそれもお見通しらしい。カツンと、来栖の握る杖が床を鳴らす。姫愛と向かい合った彼は、自分の左足を顎でしゃくった。

「さっき、僕の杖が台車に引っかかりましたよね。幸い転倒せずに済みましたが、気を抜いてると結構転ぶんですよ。人混みを歩いているときとか、駅の階段を降りているときとか、杖に頼り切っていると、人とぶつかって呆気《あっけ》なく転びます」

「なるほど、そうなんですね」

　また、「なるほど」なんて。わかっています、考えています、とアピールするためだけの相槌を打ってしまう。

「何かに支えられるのは安心しますけど、それ相応のリスクがあるんですよ。支えを失ったらあっという間に転げ落ちるし、自分を支える存在に、自分の人生が依存していくことになる」

　姫愛に見せつけるように杖を軽く持ち上げて、来栖は小さく笑った。吐息《といき》をついたような、薄い薄い笑い方だった。

「あと、卑屈も度が過ぎると、周囲の人間の言葉や表情から勝手に悪い解釈をして、いもしない敵をたくさん作って、意味もなく自分の居場所を狭めますよ」

「……どういうことですか」

　やっと言えた。やっと「わからないので教えてください」と言えた。

「未谷があなたを馬鹿にしてるんじゃないかと疑《ぎ》心《しん》暗《あん》鬼《き》になったり、理解できていないのに必死に『なるほど』と相槌を打ったりしているあなたを見ていると、恐らく勤務中もそうなのだろうと思っただけです。自分を馬鹿にしている人に、これ以上馬鹿にされないよう、必死に自分を取り繕《つくろ》っている」

　卑屈。勝手に悪い解釈をする。いもしない敵を作る。来栖の言葉を、喉の奥で反《はん》芻《すう》した。なるほどですね～とはもう言えなかった。でも「そんなことないですよ」

とは、それ以上に言えなかった。

「直接の担当でもないのに、お節介が過ぎましたね」

お節介？　これは果たして、お節介なのだろうか。「結構イケメンかも」なんて思った顔が、無性《むしょう》に憎たらしく見えてきた。

「先ほど助けていただいたお礼のようなものです」

鶴の恩返しの鶴みたいなことを言って、来栖はエントランスのドアを開けた。入れ替わるように、姫愛の担当である未谷がノートPCを手に駆けてきた。何故か、必死の形相《ぎようそう》で。

「すみません、さっきの男性に、胸をえぐるようなことを言われませんでしたか？」

未谷千晴

「支えられることにもリスクがあるって言われたんですよ」

面談ブースに入ってすぐに宮田がそんな話をし始めて、千晴はテーブルの下で両の拳《こぶし》を握り込んだ。来栖が隣に座っていたら、足を踏んづけていたところだ。

「これって『結婚したって人生安泰とは限らないぞバーカ』ってことですよね」

直後、宮田はバツの悪そうな顔で「いや、バーカってのは私の被害妄想ですね」

と目を伏せた。

「どうして転職したいのか、結婚したいのか、もう少し整理してみろとも言ってたんですけど。あと、卑屈になりすぎると自分の居場所を狭めるとも」

「……そんなことまで言ったんですか」

盛大な溜め息をつきそうになって、我慢できずちょっと吐き出してしまった。宮田の情報は来栖だって目を通しているし、なんなら千晴の口からいくつか報告した事柄《ことがら》もあるのだが。

でも悔しいかな、いい指摘だ。

「宮田さんは、自覚はあるんですか？　自分が職場で卑屈になっていると」

確信を持って千晴は問いかけた。彼女が自ら発した「結婚したって人生安泰とは限らないぞバーカ」という言葉が、すべてを物語っている。

「なりますよ。私以外の女性社員はみーんなバリキャリ思考ってやつですもん。イケメン高スペック男子と結婚したいとか、仕事はそこそこ楽しくできたらそれでいいとか、上司に気に入られた方が得だからちょっと媚び売りたいとか、そういうことを考えてる私のこと、きっとみんな、頭の足りない子だと思ってる」

一瞬だけ、宮田が「あなたもそうでしょ？」という顔をした。ああ、きっと、最初の面談で彼女の転職理由に驚いたから。「そんな理由で転職するなんて浅はかな人だ」と千晴が思ったと……そう認識したに違いない。

「例えば、女の子はピンクでフリフリした服を着るものだとか、女の子は結婚するものだって価値観があったとして、それを強要するなって怒る人がいるのは別にいいですよ。でも、私はピンクでフリフリも好きだし、子供の頃の夢は〈お嫁さん〉だったし、幸せな結婚がしたいって思ってるんですよ。強要されてそうなったわけじゃないのに、『強要されたものを喜んじゃってる愚かな子』って見られてる気がしちゃうんです」

ふん、と鼻を鳴らした宮田の顔は、今日も綺麗な仕上がりだった。ＣＡと求職者でなかったら、メイクの方法を教えてほしいくらいだ。

だからこそ、宮田が転職したい理由も、よくわかる。やっとわかった。

「つまり、宮田さんが転職したい……今の職場を離れたいと思う本当の理由は、職場での疎外感《そがいかん》なんですね」

「……まあ、言われてみれば、そうなのかも」

一度は「かも」と首を傾げた宮田だったが、長い長い沈黙の末、「そうなんでしょうね」と小さく頷いた。

「だって無理なんですもん。結婚願望があるのは本当ですけど、それ以上に、職場のお姉様方が求めるバリキャリ思考の後輩に、私はなれないから」

「その〈お姉様方〉という先輩達も、宮田さんに直接『私達みたいになれ』と言ったわけじゃないんですよね？」

千晴の問いに、宮田が渋々《しぶしぶ》という顔で頷く。

「言われている気がする、っていうだけです」

「もちろん、先輩方も宮田さんに一生懸命働いてほしい、活躍してほしいとは思っているはずです。でも、思考まで自分達と同じになってほしいとは思ってないんじゃないですか？」

同じ方向を見つめられないと卑屈になり、先輩や上司の言動を悪い方へ悪い方へ解釈してしまったのだとしたら、双方の認識には大きなズレが生まれているはずだ。

「早く結婚したいとか、仕事第一の人生にしたくないとか、そういう宮田さんの考えだって職場に必要な価値観の一つですよ。せっかく大好きなブランドに携われているんですから、まずは今の職場で自分に何ができるのかもう少しチャレンジしてからでも、転職は遅くないと思います」

「でも、私が何か意見を出したって、お姉様方は」

宮田の卑屈さがどこから来てしまうのか、だんだんとわかってきた。この自己肯定感の低さだ。

職場の上司が自分達とは価値観の違う新人をどう扱えばいいのか迷ったのか、はたまたハラスメントを恐れたのか、それとも純粋に人材育成制度や環境に問題があったのか。とにかく、仕事上で宮田が自己肯定感を得られる機会を与えずに来てしまったに違いない。

だとしたら——。

「宮田さん、人にコスメをすすめるのがお上手だと私は思いました。大学時代の商品レビューも、あれだけ熱意を持ってできるのもすごいです。ブーケ・ドゥ・ヴァンの宣伝チームで絶対に活かせると思います」

「あれくらいのこと、うちの会社の人間だったらみんなできますよ」

「じゃあ、それを確かめてから転職を考える、でもいいんじゃないですか？」

千晴の提案に、宮田が「え？」とテーブルに身を乗り出す。

「私程度の人はたくさんいる。私はこの会社ではたいしたことができない。ちゃんと確認してから、別の職場へ行くのがいいと思います。後悔しないためにも」

自分の母親の顔がちらついてしまって、迷った末、千晴は続けた。

「私の母親が、五十六歳にして就職をしたいと言い出したんです。もっとぶっちゃけて言ってしまうと、就職して離婚するなどと言い出しております」

ええっ？　と濁《にご》った声をあげる宮田に、これが普通の反応だよなと笑い出しそうになった。

「……それ、大変なことなのでは」

「はい、大変です。三十年近く連れ添ってきたのに、まさか熟年離婚問題が勃発《ぼっぱつ》するなんて、娘の私も想定外です」

ＣＡが私情を話しすぎかと少しだけ思ったが、構わず続けることにする。

「うちの母、昔は百貨店で働いてて、結婚して寿退社して、私が小学校に入ってからはずっとパート主婦だったんです。でも、辞めないでいいなら辞めなかったって言うんです。百貨店の仕事が楽しかったから辞めたくなかったって」

この話は、母とちゃんとしないといけない。娘である千晴が聞いたところで気まずくなるのは間違いないのだが、誰でもいいから、母に吐き出させてあげないと。

「宮田さんが何年後、何十年後に『辞めなきゃよかった』と思わなくていいように、しっかり『辞めてよかった』と思える転職をしていただきたいんです。宮田さんがどんな会社に転職したとしても、結婚したとしても、しなかったとしても」

自分の言葉がどれだけ宮田に響いたのか。伏せられた彼女の目元は、アイシャドウもアイラインもマスカラも、夜なのに全く崩れていない。

「結婚したいという宮田さんの希望、私もよくわかるんです。『一人で自分の人生を面倒見切る自信がない』とおっしゃったの、結構共感しました」

「本当ですか」

目を瞠《みは》った宮田が、こちらを見つめる。深々と千晴は頷いてみせた。

「多分、みんなうっすら思ってますよ。宮田さんの職場にいるお姉様方も、言葉にしないだけで、不安ではあると思います」

だから、みんな将来が不安で、その不安の中から「この会社で働き続けていいのだろうか？」という疑問が生まれる。

「だからこそ、ご自分のキャリアを大事にしていただきたいんです。どんな業界、どんな会社に行こうと、結婚しようと、専業主婦になろうと、共働きで働き続けようと、あなたのキャリアは一生あなたに寄り添ってくれるはずです」

周囲が私を馬鹿にしてるに違いない。そんな思い込みだけで転職するのも危険だし、そんな経験から「さっさと結婚したい」と思うのも、きっともったいない。

「もし上手くいかなかったら、また面談しましょう」

グッと両手を握って、胸の前で彼女に掲げてみせた。駄目押しのつもりだったのだが、さすがにそれだけで「私、やってみます！」なんてことにはならなかった。

でも——千晴が用意したコーヒーの紙コップに手を伸ばし、一口飲んだ宮田は、千晴に押し負けたかのように「あー……、はい」と首を縦に振った。

「じゃあ、もう少しだけ、やってみます」

キラキラとピンク色に光る唇で、確かにそう言った。

宮田姫愛

——何かに支えられるのは安心しますけど、それ相応のリスクがあるんですよ。

来栖というCAの言葉が、何故か頭に焼きついてずっと離れない。

オフィスのプリンターの前で自分が飛ばしたデータが出力されるのを待ちながら、姫愛は小さく唸り声を上げた。

——あなたのキャリアは一生あなたに寄り添ってくれるはずです。

来栖の言葉を補足するように、未谷はそう言った。事前に口裏《くちうら》合わせでもしていたんだろうかと、週末の間につくづく思った。

一人で自分の人生を面倒見切る自信がない。でも、結婚という形で自分ではない誰かの支えを求めたって、いつ何があるかわからない。心変わりするかもしれない。何十年後、一人で生きることに憧れるかもしれない。

そのとき、自分の足で立つこともできない自分だったら、どうする？

二人のCAが、そんな問いを投げかけてくる。

「……結局」

プリンターの排出音に紛《まぎ》れ込ませるように、姫愛はこぼした。

「自分のキャリアを放棄しちゃいけないってことでしょ」

何よ、キャリアって。こんな軽やかな響きをしているくせに、一生ついて回るなんて。私の人生に最後まで寄り添うだなんて。

なんで、人生ってこんなに難易度が高いの。

プリンターが止まった。吐き出された用紙を確認し、端をホチキス留めして、オフィスの一角に恐る恐る運んだ。

たかがA4用紙十枚ほどの書類なのに、重たい。ものすごく重たい。

「あのう、今朝メールした件なんですけど……」

お姉様方の一人――吉高《よしたか》は「おーう」とノートPCから顔を上げ、軽やかに椅子を回して姫愛と向き合った。シンプルなデザインなのにシルエットが凛《りん》としたジャケットを、今日も着こなしている。

アイシャドウは、ロイヤルブライトのパープル系だ。

「宮田が企画書出してくるなんて、久しぶりだねぇ。お姉さん嬉しいよ」

本当に嬉しそうに笑って、吉高が「ほれ」と右手を差し出す。息を吸って、吐いて、姫愛は彼女に企画書を渡した。

「あはは、印刷したてでホカホカ」

吉高が企画書をめくる。体の前で指先を弄《いじ》くり回しながら、姫愛は吉高の横顔を凝視した。

もうすぐ、来年の春先に行う毎年恒例《こうれい》の新生活キャンペーンの企画会議がある。アイデアのある者は企画書を上長に提出すること、というお達しが出ていた。

今の職場で自分に何ができるのかもう少しチャレンジしてから、転職する。未谷の提案に「ほら、ダメでしたよ」と答えるため、土曜の昼に企画書を作り始めた。どうせボツになるなら適当に作ればいいのに、何故か夜になっても姫愛は自宅でノートPCに向かっていた。学生時代に自分がSNSに投稿した写真やレビューを見返し、友人からのコメントを読み返した。

結局、日曜の夜までずっと企画書を捏《こね》くり回した。これくらい熱を込めてやれば、後悔なんて芽生《めば》えないはずだと思いながら。

「読んだよ」

吉高が企画書をデスクに置き、一ページ目に印刷された文言を指さす。

〈それでも、愛される私になりたい〉

姫愛が丸二日かけて考えた、この企画のテーマだった。

誰かに愛されるより、自分が自分を愛すること。自分を大事にして、自分のために自分を生きること。そんなふうに言われる今だからこそ、私は私のために、誰かに愛される私になりたい。

そんなメッセージと共に、新生活を迎えて新しい自分になりたいと願うユーザーへ向けたキャンペーンを行うという企画だった。

「うーん、ちょっと主観的な話が多すぎて、これじゃあ企画にならないかな。テーマの根本が宮田の個人的な思いに頼りすぎてて抽象的だし、逆にメッセージ性が弱くなってる」

吉高の反応は思った通りだった。眉間に皺を寄せ、企画書を再びめくる。

「肝心の企画内容もありきたりで、既視感がすごい。ハッシュタグキャンペーンとか、イメージモデルを使った展開とか、このへんをもっと詰めないと。競合ブランドの商品だけじゃなくて、ブランディングの事例ももっと見なきゃダメ」

はい、と返事をしたつもりが、擦《かす》れて声にならなかった。

「企画って、パッションだけで作っちゃダメなの。パッションが通じない相手には空振りしちゃうから。パッションを込めるなら、説得力も込めないと」

「……はい」

わかっていた反応なのに、ちょっと傷ついている自分がいる。

「午後に時間取るから、二人でこのへんのこと、ちょっと考えてみようか。まだ〆《しめ》切《きり》まで時間あるし、いけるよ」

「……いけるよ？」

思わず聞き返してしまった。薄氷《はくひょう》に足をのせるように、ヒビの入った鏡に触れるように、「いけますか？」と言い直す。

「うん、通るかわかんないけど、とりあえず会議に出せるように頑張ろ」

話は終わりとばかりに、吉高はノートPCに視線を戻す。

かと思ったら、「あ、そうそう」と再び姫愛を振り返った。

「ここは、すごくいいと思う」

吉高が指さしたのは、ハッシュタグキャンペーンのイメージとして作ったユーザーの投稿事例だった。実際のブーケ・ドゥ・ヴァンの商品の写真と共に、「これを使ってどんな自分になりたいか？」をユーザーが投稿している風に仕上げた。

「企画の完成形が見えるの、大事だから」

大事、大事。何度もそう言って、吉高は今度こそ自分の仕事に戻っていった。

「ありがとうございました」と深々と一礼して、姫愛も自分のデスクに戻った。

何もない床に、何故か蹴躓《けつまず》きそうになった。咄嗟に、駄目出しばかりされた企画書を強く胸に抱いた。

「もし上手くいかなかったらまた面談しましょう」と未谷は言った。そんなものいらない……とは到底《とうてい》思えないが、すぐに面談しなくてもいいかもしれない。

なんて、思った。明日には撤回《てっかい》しているかもしれないけれど。

来栖嵐

「それで？　企画書のブラッシュアップに繋がらないのに同期で馴《な》れ合ってばかりの部下に、あなたはどうしたんですか？」

一口も飲んでいないコーヒーを見下ろし、来栖嵐は問いかけた。午後九時の閉店を前に息を潜めるように静かになった喫茶店の一角に、竹原俊《たけはらしゅん》の咳払いが響く。

「『そんなんで通せる企画が作れると思ってんのか』って言いたいのを飲み込んで、『ちょっと一緒に作ってみるか』と声をかけたよ」

「驚いた部下達が恐る恐る『お願いします』と頭を下げる中、微妙な空気の中で居心地悪く企画にアドバイスをしてやった、と」

あくまで予想を口にしたのだが、竹原は「けっ」と顔を顰めた。図星《ずぼし》らしい。

「まあ、パワハラ加害者のあなたが本心にしろポーズにしろ、反省した姿を見せているだけ、周囲への見せしめになっていいんじゃないでしょうか。変われない人間を抑制するには、やらかしたら不利益があるとわからせるしかないですから」

竹原の顰めっ面は変わらない。自分が若い者相手に〈反省した姿〉を見せなければならないことが、本心では我慢ならない。何故自分がその〈見せしめ〉の役割を負わねばならないのか。そんな本音が、眉間の皺から滲《にじ》み出ている。

「アンガーログはせっせとつけてるんですか」

「一日でも遅れると人事部がうるさいんだ」

「ただやらせることにどこまで意味があるか甚《はなは》だ疑問ですが、最初だけ強制してほとぼりが冷めた頃に適当に終わりにするよりはマシですね」

カップに手を伸ばした。ぬるくなったコーヒーを飲み干して、席を立つ。伝票に手を伸ばしたら、すかさず竹原に奪い取られた。

「俺が払う」

「では、遠慮なく」

毎度年下に奢《おご》られるわけにはいかん。そんな顔で竹原はレジへ向かった。やや遅れて、杖をつきながらついていく。

「では、次回は来月でいかがですか」

店を出たところで、スマホでスケジュールを確認した。今日は十二月の頭。隔《かく》週《しゅう》金曜日に行っていた竹原との面談は、これまで通りなら二週間後——十二月の下旬になるのだが、あえて年明けを提案した。

「一之宮《いちのみや》企画で問題行動もなく働かれているようなので、面談の頻度《ひんど》を減らしても大丈夫かと判断しました」

「おう、年末にお優しいことだ」

「こちらも暇ではないんですよ。僕の目が届かないうちに、竹原さんのパワハラが復活しないことを願うばかりです」

あえて皮肉っぽく言ってやった。竹原は心底面白くなさそうに鼻を鳴らし、「いけ好かないCAだ」と吐き捨てた。

「あんたみたいなタイプがこうも仕事熱心なのは心底不気味だよ」

「竹原さんと一緒で、仕事が好きなだけです」

では、と一礼すると、竹原は何も言わず駅に向かって歩いていった。向かう先は来栖も同じなのだが、一緒に駅まで歩くことはない。竹原は早歩きな方だから、どうしたって杖をつくこちらとは歩調《ほちょう》が合わないのだ。

だから、彼との面談はいつもこうして終わる。

地下鉄は混んでいた。杖をつくようになってから、人混みがこの世で二番目に嫌いなものになった。一番目は通勤ラッシュ時の駅の階段を下りることだ。

つり革に摑まると、目の前に座っていた男性に席を譲られた。丁重《ていちょう》に断って、窓ガラスに映り込む自分の姿を睨みつけながら、竹原のことを考えた。

何をしても、変わらないのかもしれない。険《けわ》しい顔をした自分に、投げかけた。

竹原が自分を律するのは、あくまで自分のためだ。自分が心を入れ替えることができないとわかっているから、せめて自分を「現代社会で働きやすい自分」にアップデートしようとしているに過ぎない。

トライグリット人事部の種井《たねい》のように、自分が受けた仕打ちを下の世代にさせたくないと考える人間だっている。逆に、自分が受けた仕打ち以外の方法で部下を育てられない人間も、大勢いる。

パワハラを当たり前に受け、部下を同じように扱うのが普通だった世代が社会から姿を消すまで、パワハラなんてものは社会から根絶《こんぜつ》できないのかもしれない。かといって、無力感に苛《さいな》まれるかというと、そういうわけでもない。いちいちそんなことでモチベーションを落としていられない。

ただ粛々《しゆくしゆく》と、目の前のことをやるだけだ。

電車が左右に揺れて、吊り革を強く握り締めた。自宅の最寄り駅に電車が停まる。周囲の人の足に杖を引っかけないように注意しながら、電車を降りた。

先ほどは気にならなかったのに、駅を出たら寒さが頬に染みた。十二月に入った途端《とたん》、最低気温が一際《ひときわ》ぐっと下がった。

こうなると時間は早い。あっという間に年が明けてしまう。

自宅のあるマンションの前で、ふと足を止めた。低層マンションの三階の端、自分の家の窓から明かりがこぼれている。

合鍵を渡した直後は「とはいえ、勝手に入るのは気が引けるんですけど」とこぼしていた未谷千晴だったが、今となっては素知らぬ顔で来栖のいない来栖の家で連ドラを見て過ごすようになった。

「……気持ち悪いな」

自分の家に他人がいる証《あかし》を見上げたまま、堪らず苦笑してしまった。

◇　◇　◇

こちらの言葉に、未谷朝子は初めて険しい顔になった。

彼女との面談はこれで三度目だ。これまではできるだけ彼女の話を聞くようにしていた。多くは夫への愚痴なのだが、その合間には間違いなく、三十年近く前に勤めていた百貨店を結婚を機に辞めてしまった後悔が織り込まれている。

ひたすらその後悔に耳を傾け、あえて掘り返すように相槌を打って、彼女が何故娘や妹の反対を押し切ってまで「就職したい」と願うのかを考えた。

その上で、三度目の面談の今日、「紹介できる求人は見当たらない」と伝えた。

「一件もないんですか？」

前回、帰り際に彼女は「次は具体的な話ができそうだ」という顔をしていた。今日エントランスで出迎えたときも「今日は求人を紹介してもらえるかしら」と期待しているのがわかった。

「そうですね。現在、弊社から未谷さんへご紹介できる求人は見当たりません」

彼女の期待を、来栖はできる限り淡々と、冷酷に、否定した。

「年齢ですか。それとも、二十年もパート勤めしか職歴がないからですか」

「はっきり言ってしまうと、その両方ですね。どちらかだけなら可能性がある求人も、二つが合わさると難易度が跳ね上がります。今はどの業界も人手不足で、そのくせどの企業もできるだけ有能な人材がほしいと考えている。売り手市場ということは、選考の段階でのライバルが多いことでもある」

「じゃあ、私みたいな主婦が働きたいと思ったら、どうすればいいんですか」

「例えば、長く専業主婦をされていた方が僕のもとへやって来た場合、その人の経歴から就職に繋げる道がないかを考えます。前職の経歴が強みにならないか。もしくは、家事代行やベビーシッターといった主婦業の経験そのものがアドバンテージになる選択肢を考えたりです」

しかし、未谷朝子はあくまでアパレル系の販売職を希望していた。かつて……結婚するまで働いていた百貨店のような。

「難しい場合は、例えばパートなどから始めて職歴を少しずつ積み上げ、正社員登用を目指す道もあると提案します」

だが、結局は年齢が大事になってくる。パートで職歴と経験を積み重ねるのにも年数がかかるから、そこから正社員になれるのか？　という問題がつきまとう。

「あとは、出産・育児で仕事を離れた女性を積極的に採用する企業もありますし、そういう企業を勧めます」

「私には、それもできないってことですか」

「そうですね」

いつも以上に冷淡な言い方をしてしまったような気がして、言葉を切る。未谷朝子は明確に傷ついた顔をしていた。娘とよく似た目の奥で、薄く繊細な何かが、ビリッと音を立てて破れたのがわかった。

「あなた、本気で就職しようと思ってないですから」

相手の呼吸をわざと乱すように、来栖は口を開く。身内が説得して効果がない、むしろ頑《かたく》なになってしまうのなら、他人が叩きに行くしかない。

「わざわざ自分の娘や妹のいる転職エージェントに登録し、離婚しようとしていると身内にアピールして、旦那さんや娘さんに『私がいなくなったら困るでしょ？』と思い知らせたい。あなたがここに来る一番の目的は、どうしたってそれでしょう？　そういう半端《はんぱ》な覚悟の方を、本気で『主婦の再就職をサポートしたい』と考えている企業に僕は残念ながら紹介できません」

未谷朝子の口が、ゆっくりと開く。投げ捨てるように「か」と声を発したと思ったら、彼女は立ち上がった。

「か」

その顔は怒っているというより、驚いていた。

「勝手な、こと言って……」

絞り出された言葉に、来栖はすんと鼻を鳴らした。

「別に、交渉材料を作るために転職活動をするのはご自由です。今の職場と交渉をするためにあえて転職活動をする方もいますから。ですが、いつまでもアピールばかりしていないで、話し合うべき人と話し合った方がいいのではないですか」

「楽しそうに働いてるんですよ、娘が」

唐突に彼女はそんなことを口走った。思わず眉間に皺を寄せてしまった。

未谷朝子は、テーブルの天板に視線を落としたまま、静かに肩を竦めた。

「私が千晴の年齢の頃は、とっくに結婚して出産して、主婦をやってた。それに妹も……あなたにとっては社長さんだろうけど、うちの妹はずーっと仕事を頑張ってて、やっぱり楽しそうにしてる」

「ええ、そうでしょうね」

「うちの両親は妹のことを『結婚もしないで』ってよく言ってたし、私も、仕事命で寂しくないのかしらと思ったこともあった。でも最近思うんです。洋子も千晴も楽しそうに働いてるのに、なんで私の毎日は、年を取れば取るほどつまらなくなるんだろうって」

短く吐き出された溜め息に、来栖は無言のまま頷いた。

「なんで家でお父さんにイライラしなきゃいけないんだろう。お父さんが定年になったら毎日憂鬱《ゆううつ》だな～。パート先がどんどん店舗数を減らしてるから、いつかうちも閉店かも。心配していろいろ提案してるのに、若い社員やバイトの子に陰口を言われて。なんでそんなことばっかりなんだろうって思うんです。それに今って、女の人が結婚して出産しても、仕事を続けていい空気でしょ？　そりゃあ、当人にとっては大変なことがいーっぱいあるんだろうけど、いいなあ、羨《うらや》ましいなあ、なんで私のときは辞めて当然な社会だったんだろう、狡《ずる》い、って思っちゃうの」

未谷朝子の目が、テーブルの端に立てかけられた杖を見つめた。言いよどんだのち、彼女は「腹立つこと言われたから、今から嫌なこと言うわね？」と前置きし、こう続けた。

「来栖さん、もし自分がお爺さんになってから、不自由になった足が元に戻るようなすごい技術が発明されたら、どう思いますか」

自分で言ったくせに、ちょっと傷ついたような顔を彼女はした。

「なるほど、僕と同じように杖をついて生きるはずだった人が、目の前を走り回っているわけですね。すぐ仕事復帰して、夢や目標に向かって邁進《まいしん》している、と」

そういう想像はしたことがなかった。事故に遭った直後はそんな奇跡を探し回った。未《いま》だに夢を見ると杖をつかずに歩いていることがあるし、朝目覚めてから「ああそうだ、俺は障害者なんだった」と思うこともある。

でも、自分のキャリアがとうに閉じたあとに奇跡が起こって、自分はその恩恵を受けられないとなったら、果たしてどうするだろうか。

「そうですね、確かに、ちょっと狡いなと思うかもしれないですね」

「……すみません、ものすごく嫌なたとえ話をして」

「いえ、なかなかわかりやすくてよかったと思います」

相手は「やはり言わなきゃよかった」と言いたげにうな垂《だ》れているが、こちらとしては好都合だった。

罪悪感の一つや二つ持っていてくれた方が、こちらの声が届きやすいから。

「だとしたら、不可抗力で選べなかった人生を羨んでしまっている未谷さんに、僕としてはお聞きしたいことがあります」

なんでしょうか、と力なくこちらを見つめる彼女と目を合わせるため、杖を手に立ち上がった。面談ブースは暖房が効いているのに、杖の柄は不思議と冷たい。

「あなたのこれまでの人生は不幸だったんですか？　結婚したせいで百貨店を退社して、千晴さんを産んだせいで正社員として職場復帰できなくて、旦那さんと千晴さんと過ごした何十年という時間は、あなたを苦しめた不幸な時間でしたか？」

瞬《まばた》き一つせず、彼女はこちらを睨みつけている。そう、それでいい。そうやって、こちらの言葉をよく味わえばいい。自分の本音を聞けばいい。

「違うでしょう。未谷さんがうんざりしているのは、今の生活が楽しくないからですよ。憎んでるわけでもないし捨てたいわけでもないのに、張り合いがなくて、停滞していて、それを打破《だは》する方法がなくて、うんざりしている」

でしょう？　と首を傾げたら、未谷朝子はゆっくり椅子に腰を下ろした。

散らかりに散らかった部屋を見つめるような、途方に暮れた目をしていた。どこから片づければいいかわからない、という声が聞こえてきそうだった。

「張り合いがなくてうんざりね、本当にそう。みんな好きなことして、みんな楽しそうで。みんなが好きなことを楽しくやれるように私がケアしてあげてるって感じで。家でもそうだし、パート先もそうね。うるさくてお節介なおばさんって思われてるんだろうな」

「でも、全部を捨てたいわけではない」

「そうね、うん、そう。さっき来栖さんが言った通りね。転職活動してますってアピールして、今の会社とお給料や働き方の交渉をする。お父さん相手にそういうのをやりたかったのよね」

「旦那さんと話し合うのはもちろんですけれど、むしろパート先でその交渉をされたらどうですか」

こちらの提案に、「はいぃ？」と彼女は目を瞠《みは》った。「パート先に？」「交渉？」

「パートなのに？」と質問を重ねる姿に、来栖は思わず笑った。

「パートとはいえ何十年と働いてきたんですから、未谷さんが辞めると言い出したら、あなたが思っている以上に皆さん困るんじゃないでしょうか。困って、あなたへの待遇や態度を改めるかもしれないですよ」

半信半疑という顔で頷いた彼女だったが、意外とすぐ、いたずらっぽい笑みを浮かべて肩を揺らした。

「それは、ちょっといいかも」

ふふっと口元を押さえながら、「あーあ、お父さんに話しかける口実を考えなきゃ」と呟いた。雪解けを持ちかけるにも、まずは口実が必要らしい。

「デパ地下でちょっといいお惣菜《そうざい》でも買っていこうかしらね」

「なら、いい口実を差し上げますよ」

未谷千晴

「面談、長いよね」

給湯室でコーヒーを淹《い》れながら、思わず洋子に問いかけた。壁際で両腕を組んでいた洋子は「確かに」と短く頷いた。コーヒーが飲みたいというより、面談に来ている母が気がかりで自然とここに集合してしまったのだ。

「お母さん、面倒なこと言ってるんじゃないかなあ」

「姉さんはねえ、昔から一度怒ると長いし頑固だから」

コーヒーメーカーからガラスポットに注がれる熱々のコーヒーを見つめながら、洋子は「でもなあ……」とうな垂れた。

「姉さん、百貨店の仕事、続けたかったのかあ。知らなかったわ」

「私だって知らなかったよ。そんなこと全然言わなかったもの」

言わなかったんじゃなくて、気にかけてくれなかったんじゃない。母にそんなふうに言われる気がした。確かに、そうなのだけれど。

「……朝ごはんありがとうとか、洗濯ありがとうとか、最近ちゃんと言ってたかな、そういうの」

大阪転勤をして、母が家事をしてくれるありがたみは身に染みた。東京に戻ったら日々ちゃんと感謝せねば、なんて思ったのも事実。でも、実践したかというと……記憶にない。

「こういうところだよねえ、絶対。お父さんも私も」

「反省？」

「うん、反省。今日はデパ地下で高級なケーキでも買って帰ろうかな」

「あはは、わかりやすいご機嫌取り」

「取らないよりはいいじゃない。謝るきっかけになるし」

ドリップが終わったガラスポットに手を伸ばし、自分と洋子のカップに注ぐ。受け取ったコーヒーを見下ろした洋子は、おもむろに顔をくしゃっとさせて笑った。

「私もさ〜、姉さんのこと、家事とパートばかりの生活で退屈しないのかなって思ったことがあったよ。同時に、支え合う家族ってのがいて羨ましいなあ〜って思ったこともある。向こうは向こうで『仕事ばっかりで人生楽しいの？』って思ってそうだけど。いろんなところが正反対の生き方してきたから」

春頃に転職相談にやって来た村瀬《むらせ》琴葉《ことは》と村瀬美琴《みこと》の姉妹のことを思い出した。同性で、年も近いから、互いがモデルケースになって、「もしかしたらあったかもしれない未来」を如実《にょじつ》に映す。

「私も姉さんと久々に二人きりで食事でも行きましょうかねえ」

カップに口をつける洋子を横目に、千晴はもう一度時間を確認した。帰りにケーキを買って帰って、なんて悠長《ゆうちょう》なことを言ってる場合ではないのかもしれない。

「ちょっとだけ、様子を見てくる」

半分以上中身の残ったカップを自分のデスクに置き、できる限り足音を殺して、面談ブースへ向かった。広沢に「お、娘も参戦かっ？」と言われて、慌てて「参戦はしません！」と返した。

面談ブースのドア越しに聞き耳を立てるだけ。そう思ったのに、千晴がブースの前に立つのと同時に、ドアが勢いよく開いた。

鞄とコートを抱えた母が、ドアを蹴飛ばすように飛び出してきた。

「おっ……お母さんっ？」

両手の拳を握り込んだ母が「あら千晴！」と叫ぶ。そのままものすごい力で千晴の肩を叩いてきた。どん、どん、どん、と三回。しかも徐々に力がこもっていく。

「大変だわ、お父さんと冷戦なんてしてられないわ！」

そして何故か、「あんたも頑張りなさいよ」と耳打ちし、あははっと笑って、帰っていく。足取り軽く、シェパード・キャリアを出ていく。

「あとは身内に任せたよ」

声に疲労を滲ませながら、来栖が面談ブースを出てくる。「お膳立てはしておいたから」とエントランスまで歩いていったが、見送る相手を乗せたエレベーターはもう階下に向かってしまっていた。

「来栖さん、母に何を言ったんですか」

見上げた彼の横顔は、やはりちょっと疲れていた。誰もいないエレベーターホールを見つめ、一度だけ肩を竦める。

「旦那さんに話しかける口実がほしいというから、口実をプレゼントしたんだよ」

「何をですか」

「俺が君と付き合っているってこと」

流れるようにこちらを見下ろして、そんな巨大な爆弾をさらりと投げて寄こす。

「……え？」

「すごいな、君のお母さん。ものすごい勢いであれこれ質問してくるから、多分君より俺の子供時代や家族の話に詳しくなって帰っていったよ」

「いや、何を悠長な……！」

息をするのを忘れていた。乾いた咳をこぼして、来栖に躙《にじ》り寄った。

「いいじゃないか、これで未谷家が円満に回るなら。君のお母さん、今ものすごく楽しい気分だと思うよ」

「そうなんですけど、確かにそうなんですけど！　面談でいきなりそんなプライベートな話題をぶち込むとか、何を考えてるんですか」

「君のお母さんは機嫌よく聞いてたよ」

え、じゃあ、私、来栖さんに〈お義母《かあ》さん〉って呼ばれる可能性もあるってこと？　と目を爛々《らんらん》とさせる母が、鮮明に思い浮かんでしまう。今日のことを父に嬉々《きき》として話す母の横顔も。

「未谷さんには事後報告になって申し訳ないと思っているけど、俺は自分が担当した求職者が意気揚々《いきようよう》と次を見据えてくれたから、なかなか満足しているよ」

「そりゃあ、来栖さんはそうでしょうけど」

珍しく目を細めて笑った来栖は、ふとエントランスに掲げられたシェパード・キャリアのロゴマークを見やった。

羊飼いが使うフックを模《も》したロゴを、照明が照らす。羊飼いは人類最古の職業と言われ、彼らが使うフックは困難な状況にある人を助けるシンボルなのだとか。

そのシルエットは、来栖が手にする杖を思わせる。

「未谷さん」

シェパード・キャリアのロゴから目を離すことなく、来栖は千晴の名を呼んだ。

「期限の半年には少し早いけれど、俺と結婚する気はある？」

こちらに視線を寄こした来栖は、微笑んでもいなければ緊張もしていなかった。いい意味でも悪い意味でも、いつもと同じだった。

求職者を前に「転職先のご希望は？」と問いかけるときと同じ顔。淡々としていて、愛想がなくて、ちょっと仏頂面《ぶっちょうづら》。

「……いや、こんな場所でプロポーズしますか、普通」

会社のロゴの目の前って……と言いかけて、そこでやっと来栖は表情を崩した。笑ったというより、雪が解けたみたいだった。

「いい場所だと思うけど？」

カツンと来栖の杖が鳴る。冷たい響きなのに、機嫌よく音が跳ねた。

エピローグ

目が覚めて、アラームをセットし忘れていたことに気づいた。ベッドには千晴《ちはる》しかいなかった。

「うわあっ、腹立つぅ！」

眼鏡《めがね》を引っ摑《つか》んで寝室を飛び出したところで、漂《ただよ》ってきた味噌汁の香りに思わず叫んだ。

「なんで寝坊した人の代わりに味噌汁を作って怒られなきゃならないかな」

来栖《くるす》はダイニングテーブルで一人さっさと朝食をとっていた。彼の向かいにご丁寧に置かれた自分の茶碗と汁椀を引っ摑み、ご飯と味噌汁をよそう。

「朝食当番を押しつけられたのに涼しい顔で準備して味噌汁啜《すす》ってるからですよ。そこは『さっさと朝飯作れ！』って起こしてくださいよ」

「嫌だよ、面倒くさい。未谷さん、熟睡してるとなかなか起きないから」

千晴を起こすくらいなら粛々《しゅくしゅく》と味噌汁を作る方が楽、ということらしい。なかなか起きないというのはこの数ヶ月の実績が証明してしまっているから、反論のしようがない。

会社にある来栖のデスクとそっくりだった殺風景な家は、いつの間にかものが増えていた。棚に並ぶ掌《てのひら》サイズのサボテンとか、スウェーデン製の絵皿とか、テーブルに置かれたルームフレグランスとか、壁に飾られたドライフラワーだとか。生活に必要不可欠ではないものは、全部千晴が持ち込んだり買い揃えたりした。

一足先に朝食を食べ終えた来栖は、いつも通り淡々と出社準備をしていく。その姿を尻目に、ご飯と味噌汁を掻き込んだ。おかずは大豆とひじきの煮物、青菜のおひたしに、牛肉とキノコのしぐれ煮だった。最近の転職の魔王様は、休日にせっせと作り置きのおかずを作るようになった。「二人暮らしの朝があんなに慌《あわ》ただしいと思わなかった」と顰《しか》めっ面《つら》をしながら。

でも、顰めっ面は顰めっ面なのだが、満更《まんざら》でもなさそうな顔をしている……ように見えなくもない。

「無理に一緒に出なくても、未谷さんは定時通りに出社したら」

あとは家を出るだけという格好でそんなことを言う来栖の横をすり抜け、洗面所に駆け込む。

「今日、朝イチで面談が一件入ってるんですよ！　出社前に面談させてほしいって。早く行って準備しないと」

「ああ、不動産業界で営業職の転職希望っていう二十五歳男性」

「八王子《はちおうじ》さんのところがちょうど求人出してるんで、紹介しようかと思って」

その八王子は、週一で来栖と千晴に二人暮らし向けのマンションを紹介する電話をかけてくるようになった。「僕が売ったマンションに住んでる夫婦、絶対に離婚しないんです！」と譲らない。来栖は「お義母《かあ》さんの〈結婚式あげてくれ攻撃〉よりしつこい」とうんざりしているが……多分、そこまで嫌がってはいない。電話にはちゃんと出るから。

洗面台で顔を洗い、寝室に戻って手早く化粧をした。結局転職することなく葵《あおい》コスメティックスで働き続けている宮田姫愛《みやたひな》が以前教えてくれたアイシャドウを塗ると、それだけで顔がシャキッと華やかになった。さすがは宣伝部のオススメだ。

鞄を抱えて玄関へ駆けていくと、杖を手にした来栖が「あと五分はかかると思ったのに」と目を丸くした。何だかんだ言って、待ってはくれていた。

「来栖さんは時間は大丈夫なんですか」

「俺は趣味で早く出社して仕事してるだけだから」

「そうでした！」

靴を履いて腕時計を確認すると、乗るべき電車の発車時間まで十分を切っていた。駅までは徒歩五分かかる。来栖の足だと、八分かかる。

「急ぐならお先にどうぞ」

玄関の鍵をかけながら、来栖はエレベーターの方を顎《あご》でしゃくった。

「待っていただいたのにすみません、のちほど会社で！」

「のちほど会社で」

胸の前で手を振って、振り返ることなくエレベーターまで走った。最上階で止まっていたから、階段で一階まで降りた。

エントランスを出たところで、太陽の眩《まぶ》しさに思わず目をつぶった。リズミカルな足音が聞こえるような、四月らしい温かな日差しだ。瞼《まぶた》の裏まで、温かな光が滲《にじ》んできた。

いい天気だった。新生活の期待と不安が入り混じる季節を、随分《ずいぶん》と陽気に照らしてくれている。

後ろを振り返ったが、歩みのゆっくりな来栖の姿はなかった。代わりに緩《ゆる》やかな風が吹いた。葉桜《はざくら》の香りがほのかに混じっていて、千晴は大きく揺れた前髪を左手で押さえた。

薬指のつけ根に陽の光が当たって、弾《はじ》けるように白く光った。

【参考文献】

『パワハラ上司を科学する』津野香奈美／ちくま新書（筑摩書房）

【謝辞】

テレビドラマ『転職の魔王様』スタッフ・キャスト・関係者の皆様へ、この場を借りて厚くお礼申し上げます。素晴らしい映像化をしていただけたことだけでなく、映像化によって原作の世界観がより深まり、作品としての大きな広がりを感じられたことは、作者としてとても幸せな経験でした。本当にありがとうございました。

著者紹介
額賀　澪（ぬかが　みお）
1990年、茨城県生まれ。日本大学芸術学部卒業。2015年、「ウインドノーツ」（刊行時に『屋上のウインドノーツ』と改題）で第22回松本清張賞、同年、『ヒトリコ』で第16回小学館文庫小説賞を受賞する。著書に、『ラベンダーとソプラノ』『さよならクリームソーダ』『拝啓、本が売れません』『弊社は買収されました！』『世界の美しさを思い知れ』『風は山から吹いている』『風に恋う』『競歩王』『沖晴くんの涙を殺して』『サリエリはクラスメイトを二度殺す』、「タスキメシ」「夜と跳ぶ」シリーズなど。

目次・章扉デザイン —— 川谷康久（川谷デザイン）

本書は、書き下ろし作品です。

ＰＨＰ文芸文庫　転職の魔王様3.0

2025年2月21日　第1版第1刷

著　者　額　賀　澪
発行者　永　田　貴　之
発行所　株式会社ＰＨＰ研究所
東京本部　〒135-8137　江東区豊洲5-6-52
文化事業部　☎03-3520-9620（編集）
普及部　☎03-3520-9630（販売）
京都本部　〒601-8411　京都市南区西九条北ノ内町11
PHP INTERFACE　https://www.php.co.jp/
組　版　有限会社エヴリ・シンク
印刷所　株式会社光邦
製本所　株式会社大進堂

ISBN978-4-569-90458-0

PHP文芸文庫

転職の魔王様

この会社で、この仕事で、この生き方で――本当にいいんだろうか。注目の若手作家が、未来の見えない大人達に捧ぐ、最旬お仕事小説！

額賀 澪 著

転職の魔王様2.0

魔王様VS天使様⁉ ワケあり求職者達を正しく導けるＣＡは誰なのか――ビジネスパーソン必読の痛快転職エンタメ、待望の第二弾！

額賀 澪 著